贖罪の花嫁は
いつわりの婚姻に溺れる

★

マチバリ

Matibari

Noche
BUNKO

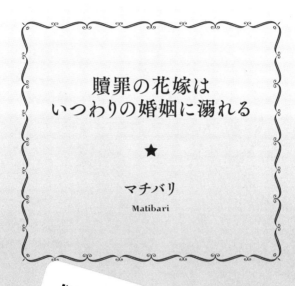

登場人物紹介
CHARACTERS
エステル
家族に疎まれて育った令嬢。
控えめで心優しく、
家事全般もてきぱきとこなす。
アンデリック
宝石眼を持った魔法使い。
人嫌いで他人との
関わりを避けるが、
エステルの優しさに惹かれていく。

パブロ
アクリア国の将軍。アンデリックの魔力に目をつけ、利用しようと画策する。
ジョルジュ
エステルの弟。
クロード
ラシェルの婚約者だが、なにかとエステルにちょっかいを出す。
ラシェル
エステルの姉。派手好きで気が強く、エステルを虐げてきた。

目次

贖罪《しょくざい》の花嫁はいつわりの婚姻に溺れる

プロローグ

「スカートをまくれ」

「はい」

酷く冷たい声に、エステルは震えながら頷いた。

震える手でスカートを掴むと、ゆっくりと引き上げその細い脚を露出させる。

人に脚を見せてはならないとしつけられてきた彼女にとって、自ら脚を晒すという行為は恥辱にまみれた行為でしかない。

白く痣《あざ》ひとつないみずみずしい肌をした脚は細かく震えていた。

「そのまま脚を開くんだ」

「っ」

「嫌なのか」

「……いいえ」

理由の定まらない涙が溢れて視界を歪ませるが、エステルは逆らうことなく静かに脚を開いた。

男の視線が開いた脚の間に向かっている事実に、顔に熱がこもる。

無言のまま伸びた男の指が、薄い下着をゆっくりと引き下ろしていく。

冷えた空気に撫でられたあわいから、とろりと液体が滴り落ちて下着に淫らな染みを作った。

それは昨晩、散々注ぎ込まれた男の精だ。

「締まりのない口だ。しっかり中に留めておかなければ子などできないぞ」

「も、申し訳ありません」

「栓をしてやろうか」

「あっあ、あっ……!!」

男の指が割れ目を辿り、濡れてぬかるんだ蜜口を撫でた。

慣れた動きで押し入ると、栓をするという言葉とは真逆の激しさで抽挿《ちゅうそう》を繰り返し、エステルの柔らかな部分を刺激し続ける。

「あっ、あんんっあああ」

膝を震わせ、もう立っていられないとばかりに体を曲げながらも、必死でスカートの裾《すそ》を握りしめたままのエステルの姿は哀れを誘う。

しかしそんなエステルをいたわることなく、男は指を動かし続け、本能的に逃げようと揺れた腰を腕で囲うように掴み、抱き寄せた。

「んっっ」

抱き締められると、エステルは身をゆだねるように体の力を抜いた。

男はわずかに息を呑むが指の動きを止めることはなく、むしろ激しく彼女を追い詰める。

「あっあああ‼」

「こんなに溢れさせて、はしたないな」

「ひっ‼」

男は猛った熱棒を、指が引き抜かれ物欲しげに愛液を垂らす蜜口に押し当てると、一気に根元まで挿し込んだ。貫かれた哀れなエステルは短い悲鳴を上げ、喉をそらせる。

立ったまま、男の腕と、繋がった箇所だけで支えられた不自然な体勢は、ただ苦しくもどかしい。

しかし男の挿入に慣らされた体はあっという間に熱をおび、悲鳴は嬌声へすり替わる。

せめて男の肩や腕にすがりつけば楽になるというのに、エステルは意地のようにスカートの端を握りしめたまま、男の行為に耐えていた。

その様子に男は奥歯を噛み締め、追い詰めるかのように腰の動きを激しくさせる。

「今度は零すなよ」

「は、はいぃぃ……あ、あんっひいいっ!!」

「くっ」

強い刺激により先に果て、痙攣《けいれん》するエステルの内壁に引きずられるように、男の熱棒が激しく震え、果てる。最後の一滴まで注ぎ込むように腰を振られ、エステルは掠れた悲鳴を上げた。

男が無情に腕を放せば、熱棒が抜けると同時にエステルの華奢《きゃしゃ》な体が床に落ちる。力なく倒れ込み四肢を投げ出すエステルの脚の間には、お互いの体液と汗と、先ほど注がれたばかりの男の精が混ざり合った淫らな汁が滴っていた。

「零したのか。本当に駄目な女だ」

「もうしわけ、ありません……」

「ほら、もう一度注いでやる」

「あ、そんな、あっ！」

床に倒れたままのエステルに男が覆いかぶさる。

怯えと動揺で歪むエステルの顔に、男はわずかに顔をしかめると、荒々しくその唇を塞ぎ、呼吸すら奪うような口づけをする。

声を上げることを許さないままに脚を開かせ、まだゆるんでいる蜜口にゆっくりと先端を沈め、焦らすように浅い抽挿《ちゅうそう》をはじめた。

先端だけをゆっくりと抜き差しし、先ほど注いだものを掻き出してから、ずん、と根元まで一気に挿入する。

その刺激に、エステルの細い体がふるふると痙攣《けいれん》した。

男はドレスを破くように剥ぎエステルの白い乳房を露出させ、快感を敏感に感じ取って硬くしこる先端を指でつまみあげる。それに呼応するようにとろとろと溢れる蜜がお互いを汚す。

態度とは裏腹に、エステルの体は歓喜するように男の剛直を締めつけた。

欲望のままに、男が激しく腰をぶつける音が部屋の中に響き渡る。

エステルは与えられる容赦のない快楽に溺れそうになるのを、必死で我慢していた。

男の服や背中にすがりつきたくてたまらないが、それは許されないと空を掻いた自らの腕を力なく床へ落とす。

（駄目、一度でも甘えたら、私はこの方を愛してしまう）

酷い言葉と荒々しく容赦のない行為ではあったが、男はエステルを本気で傷つけるようなことはしない。いつも、ただひたすらにエステルの体を快楽の渦に沈めるような甘い愛撫で翻弄するばかりだ。

「んんんっぅぅぅぅっ!!」

最奥を激しく突かれながら敏感な突起まで刺激され、エステルは先ほどよりも深い絶頂に押し上げられて、その細い体を硬直させた。

痙攣《けいれん》と締めつけに男も喉を唸らせ、エステルの最奥に欲望を吐き出す。

絶頂を味わうかのように、男はエステルの体を強く抱き締める。

だが、エステルは意識を失うその瞬間まで、男の体を抱き返すことはなかった。

「……エステル……どうして君は……」

青白い頬を涙で濡らしたエステルの顔を見つめながら、男は苦しげに彼女を呼ぶのだった。

第一章　贖罪《しょくざい》の婚姻

この世界には、かつて魔法が溢れていたという。

万物は魔力をおび、すべての願いや欲望は魔法によって叶えられた。

しかしあるとき、神の怒りを買ったかのように、この世界から魔力が失われていった。

力を失った人々は戸惑い嘆いたがどうにもならず、魔法頼みの生活を捨てるしかなかった。

けれども魔法でなければできぬこともある。

四方を山と渓谷に囲まれた小国、アクリア。

水源に富んではいるが、逆を返せば水害の多い国でもあった。

かつてこの国を治めた魔法使いは、水源の制御を魔法に託した。水を制御し、国土をつつむ繊細で強大な魔法は、今もなおアクリアを守っている。

もしその魔法が消えてしまえば、たった一度の大雨でアクリアは滅んでしまうだろう。

唯一の希望は、魔力が失われはじめた時期から世界のあちこちで生まれるようになった『宝石眼』と呼ばれる、その名の通り宝石のような瞳を持つ存在だった。

宝石眼を持って生まれた子どもは、五歳から七歳の頃になると、失われたはずの魔力をその体におびることが多く、微弱ながらも魔法を使える者すらいるという。

彼らは『魔力持ち』と呼ばれ、貴重な存在として扱われた。

また、その性質は子孫に受け継がれることが多く、宝石眼が生まれた家系は優遇されるようになっていった。

特にアクリアでは、魔力持ちの家系は重要視された。治水魔法を維持するため、特別な魔道具を使い彼らから魔力を集めていたからだ。

そうした家系は貴族と呼ばれるようになり、王族に次ぐ地位を与えられた。

今年十八歳になるエステルは、そんな魔力持ちが生まれる貴族、クレメール家に生まれた。

エステルの瞳は宝石眼ではなく、平凡な色をしている。

けれどエステルのふたつ上の姉であるラシェルの瞳は、宝石眼とまではいかなかったが光に反射して輝くことがあった。

それゆえに周囲はラシェルがいずれ魔力に恵まれるのではないかと期待し、幼い頃から彼女を優遇していた。

結局七歳を過ぎてもラシェルは魔力に目覚めなかった。

だが、遅咲きということもあるし、そうでなくても宝石眼から生まれる子どももまた、魔力持ちになる確率が高い。そんな理由もあり、ラシェルはクレメール家の中で特別な娘として扱われ続けた。

年頃になったラシェルの美しさはまばゆいばかり。

そして、自分が特別だと理解した彼女は、平凡な妹を奴隷のように扱うようになった。ありとあらゆる我儘《わがまま》でエステルを追い詰め、自分の不愉快はすべて妹に責があるかのごとく振る舞った。

実の親である父母はそれを咎めることもたしなめることもなく、むしろラシェルに追従してエステルをなじる日々。

エステルは、決して虐げられなければいけないほど醜悪な娘ではなかった。

むしろ柔らかく伸びた栗色の髪と丸みをおびたアイスグレーの瞳は愛らしく、声はか細いが小鳥のように澄んでおり、控えめながらもとても整った容姿をしている。育ちの良さを感じさせる上品で繊細な所作は、彼女の可憐さを引き立てていた。

しかし、家族にはそのすべてが忌々しいものであるかのごとく疎まれていた。

「お前には失望した」

父親の吐き出すような冷たい声に、エステルは身を固くする。

クレメール家の一同がそろった応接間。

家族の皆がソファに座るなか、一人だけ立たされているエステルの顔色は蒼白であった。

「あろうことか姉の婚約者を誘惑するなど」

「ああ、なんてはしたなく卑しい娘なのかしら」

母親も父親の言葉を繋ぎながら、実の娘に向けるものとは思えないほど冷ややかな視線を向けていた。

「違います、私は……」

「お黙りなさい!!」

反論を試みようとしたエステルの声は、母親のヒステリックな声に掻き消される。

父親と母親、切なげに泣く姉と、それを慰めるように肩を抱く姉の婚約者の視線に晒され、エステルは、まるで裁きを待つ罪人のように力なくうつむくことしかできなかった。

事実、この場においてエステルは罪人であった。

罪状は、誘惑。

ラシェルの婚約者であるクロード・メイスンを、はしたなくも個室へ誘い、淫らな行為に誘ったと断罪されていた。

「本当になんという娘だ。私たちからあの子を奪っただけではなく、ラシェルから夫を奪おうなどと」

「義父上《ちち》、私が悪いのです。まさか彼女があのような誘いをかけてくるとは思わず……ラシェル抜きで二人きりになってしまった私にも責はあります」

「いいえ！　悪いのは全部あの子よ！　相談事があるとクロードを呼び出しておいて！　そんなに私が憎いの、エステル!!」

「ああかわいそうなラシェル！　エステル！　お前は本当に悪魔の子ね!!」

容赦のない言葉を浴びせられ、エステルは体中の血が冷え切っていくのを感じながら、倒れるのだけは嫌だと必死に立ち続けていた。

（もう、なにを言っても無駄なのね）

真実がどうであれ、彼らにとっての事実はそういうことに決まっているのだろう。

エステルは感情を麻痺《まひ》させ、事実無根の非難を受け続けていた。

この時間が早く過ぎ去ればいいと思いつつも、これすらも自分が受けるべき罪なのだろうと、諦めにも似た気持ちで虚ろな視線を床に落とす。

「ええい！　なにか言ったらどうなのだ、忌々しい!!」

「本当に憎らしい子!!」

母親が苛立たしげに、手に持っていた扇子をエステルに投げつけた。不運にも扇子の持ち手がエステルの額をかすめ、わずかな傷を作り、白い肌に血が滲む。

加熱していた断罪の空気が冷め、気まずさにすり替わる。

「……エステル、お前には修道院に行ってもらう。もうお前は我が家の娘ではない。これ以上この屋敷に留まれば、私たちだけではなくラシェルやクロードも不快であろう」

「お父様、そこまでしなくても……」

「ラシェルよ、お前は優しいな。いいのだ。元よりエステルは結婚などという幸せを得られる立場にはない。もっと早くそうしておけばよかった」

深いため息と共に告げられた言葉に、エステルは悲しむことはなく、むしろ安堵を感じた。父親もどこか安心したような顔をしている。母親もだ。

離れてしまえば、憎むことも憎まれることもない。ようやくこの歪んだ関係が終わると、親子の間に張りつめていた緊張がゆるんだような気がした。

「後の手続きはしておく。部屋に戻ってじっとしていなさい」

「かしこまりました」

小さく頷くとエステルは震える足を奮い立たせ、倒れないように必死で足を進めて扉へ向かう。ラシェルの瞳がじっと自分を睨みつけていることに気がつかない振りをして、音を立てないように扉を閉めた。

無人の廊下に出ると、エステルは詰めていた息をゆっくりと吐き出した。

その場に座り込みそうになるのをなんとかこらえ、緊張でこわばった体を落ち着かせるように胸に手を当て深呼吸を繰り返す。

このままここに留まっていれば、また家族と鉢合わせしてしまうかもしれないという恐怖を感じ、おぼつかない足取りで自室へ向かった。

なんとか辿りついた部屋へ滑り込むように入り、後ろ手で扉を閉める。

先ほど、無理やり個室に連れ込まれ、ドレスの中に無遠慮な手を差し込まれた恐怖が今さらながらに思い出され、エステルは体を震わせその場に座り込んだ。

なにもかもが冤罪《えんざい》であった。

相談したいことがあるから一人で庭にある離れに来てほしいとエステルを呼び出したのは、他でもない姉のラシェル。

ラシェルの代わりに現れたのはクロードで、彼はにやついた笑みを浮かべ、エステルの腕を掴み、引き寄せたのだった

姉の婚約者であるにもかかわらず、クロードは以前からエステルに色欲の混じった視

線を注いでいた。隙あらば髪や体に触れ、酒に酔った振りをして腰を抱いた。

その度に姉の癇癪《かんしゃく》をぶつけられるため、エステルはクロードに近づかぬように、日々緊張に身をすり減らしながら過ごしていたというのに。

その努力は悪辣《あくらつ》な二人により、簡単に無に帰《き》してしまった。

唇を奪われそうになったのを必死で拒み、暴れると、苛立ったクロードに頬を打たれた。ショックで固まったエステルはそのまま床に押し倒され、ドレスの中をまさぐられたのだった。

素肌にクロードの熱を感じ、エステルは嫌悪感と恐怖に力の限りの叫び声を上げた。その声は思いのほか響き渡り、運よく庭を巡視していた騎士の耳に届いた。

魔力持ちが生まれる家系は血統ゆえに、誘拐などの事件に巻き込まれることが少なくない。そのため警備の騎士や兵士が常駐しているのが当然だったことが幸いしたのだ。

駆けつけたのは、幼い頃からエステルを知る壮齢の騎士。

彼は、家族にならい腫れものに触るように接してくる若い使用人たちとは違い、エステルを気遣ってくれる数少ない存在であった。

泣き喚くエステルを組み敷き、ドレスを剥ぎ取ろうとするクロードを見つけた騎士は、ためらいなくクロードを突き飛ばし、泣きじゃくるエステルを背後に庇った。

「お嬢様、大丈夫ですか!!」

あまりのことに言葉を失い、蒼白になっているエステルは、騎士の背中に隠れるようにして自分の体を抱き締め、震え続けていた。

突き飛ばされたクロードは忌々しげに騎士を睨みつけていたが、弁明は不要とでもいうように鼻を鳴らし「おやおや、急に怖くなったのかな、エステル？」と馴れ馴れしい声を上げながら立ち上がる。

「なに、を」

「君が誘ったのではないか。姉のものを欲しがる欲深い娘につい乗せられてしまった」

「な……」

あろうことかクロードはエステルが誘惑したと言い放ったのだ。

エステルは反論を叫ぼうとしたが、恐怖で震える唇は言葉を発することができない。

騎士もクロードがこの場を無理やりに収めようとしていることに気がつき、眉をひそめる。

「クロード様。無礼を承知で申し上げますが、この状況でそれは」

「無礼だとわかっているなら黙りたまえ。私は彼女に誘われここに来た。それ以外に事実はない。まあ、つい若い娘の誘惑に負けてしまったという弱さは罪だろうが、同じ男ならわかるだろう？」

舐めるようなクロードの視線がエステルを見下ろしていた。決して獲物を諦めてはいない瞳に、エステルは息を呑み、騎士は表情を険しくさせた。

エステルと騎士はことの次第を包み隠さず家族に告げたが、二人の言葉は黙殺され、クロードの言葉が事実として受け止められてしまった。

すべてはエステルが仕掛けたことで、なにもかもがエステルの罪であるというのが父親の判断であった。

しかし、エステルは父親の下した決断に安堵していた。

彼女にとってみれば、それはようやく下された断罪。

エステルも限界だった。この屋敷で家族に憎まれて過ごすのも、あのクロードにいつ体を汚されるのかと怯えて暮らす日々も。

扉に鍵がかかっているのを何度も確認し、這うようにしてベッドへ向かう。

うつぶせに倒れ込んだエステルはシーツに顔をうずめ、声を上げずに涙を流した。安堵と悲しみと屈辱。愛されもせず、信じてももらえぬ辛さ。

それらすべてが混ざり合った、美しくも哀れな涙だった。

エステルは反論もせず抵抗することもなく、すべてを受け入れて罪を被る道を選ぶと決めていた。

それは抵抗をしても無駄だという諦めからでも、魔力を秘めた可能性のある姉のほうが大切だという無言の圧力に屈したからでもない。

自らが、誰にも許されることのない大罪人であると知っていたからだった。

＊＊＊

数日間の謹慎は、平穏な日々であった。

部屋から出るなという父親の言葉を素直に受け入れ、食事は侍女に部屋へ運んでもらい、エステルは文字通り部屋から一歩も出ずに過ごした。

姉やクロードが何度か扉をノックしたが、父親の許しがないと言って頑なに鍵を開けなかった。

見張り役として騎士や侍女が常に控えていたため、無理に押し入られることはなかったが、彼らが発する言葉の端々から「余計なことを言うな」という空気が痛いほどに伝わってきた。

そんな脅しなどかけなくてもなにも言う気はないのに、とエステルは疲弊した顔で窓の外を見つめるばかりだった。

父親の計らいか、姉とクロードがそろって出かけた日に、エステルは応接間へ呼び出された。

てっきり修道院へ入る手はずについて説明を受けるとばかり思っていたエステルは、そこに見知らぬ男性がいることに動揺する。

神父や修道士の類ではない、鍛え上げられたたくましい体と鋭い表情は、おそらく軍人なのだろうと察せられた。

穏やかな笑みを浮かべてはいるが瞳はどこか冷たく、エステルはその人物を『怖い』と感じる。

見つめられると心のうちまで覗かれそうなその瞳から目をそらしながら、エステルは父親に言われるがまま、ソファへ腰を下ろした。

「お前を修道院に入れる話はなくなった」

「え」

エステルの顔から血の気が引く。まさか姉やクロードがなにか言ったのだろうか。

この屋敷にこのまま留まることはエステルにとって地獄でしかない。

「お前には結婚をしてもらう」

「結婚……？」

父親の発した言葉の意味がわからず、エステルは目を何度も瞬かせた。

一瞬、目の前に座る男性へ視線を向ける。

まさかこの方と結婚を？　とエステルが考えていると、父親は酷く苛立たしげに鼻を鳴らした。

「この方はこの国の将軍、パブロ・ベリリック様だ。ずっと子どもを産める若い娘を探していたそうでな、お前を修道院に入れるという話を聞きつけ、是非にと懇願されたのだ。いささか不本意ではあるが、お前には似合いの話だろう」

「あの、結婚とはいったい……？」

「言葉通りだよ、エステル殿」

男が低い声で静かに告げた。

将軍という肩書きにふさわしい威圧感に、まるで尋問を受けているような気分になる。

「君にはさる高貴な方と婚姻を結び、彼の子どもを産んでもらいたい」

「……子ども？」

エステルは、父親の言葉以上に理解できないパブロの言葉に、再び目を瞬かせる。

告げられた言葉を幼子のように繰り返すエステルに、父親は眉をひそめた。

「ご覧のように不出来な娘です。パブロ様の願いを叶えることができるかどうか……」

「構わない。こちらが望むのは子を産むことができる従順な娘だ。それにこの娘に魔力はなくとも、クレメール家には前例がある。可能性は高ければ高いほどが良い。エステル殿、これは国命だ。君に断る権利はない」

有無を言わせぬ口調で断言され、エステルは口をつぐむ。

結局、誰もエステルの意見など聞く気はないのだ。

「これから話すことは他言無用。人に知られれば君の命の保証はない」

冷酷なまでのパブロの言葉に、エステルは小さな悲鳴を上げることすらできず、黙って頷いた。

エステルの結婚相手となる男は、今では希少な存在である『魔法使い』だという。

「魔法使い……」

か細く呟くエステルの声は震えていた。

ただの魔力持ちは、多くはないが少なくもない。魔力量の差はあれど、国を支えるのに必要なぎりぎりの人数が常に生まれている。

だが、魔法使いとまで呼ばれるほどに魔力を持ち、魔法を使える存在ともなれば別だ。

もはやおとぎ話の世界にしか存在していないと思っていた名称に、エステルは目を見開く。

結婚相手になる男は生まれながら膨大な魔力を持ち、失われた魔法さえも使えるという魔法使い。

その魔力量たるや、数人の魔力持ちが数日かけて魔力を注ぐことでようやく半分ほどになる魔道具を、たった一日で満たしてしまうほどだという。それほど強大な力を持つ彼は、尊く貴重な存在として国に厳重に保護され隠されて生活しているため、存在を知るのは限られた人間だけだ。

魔力は血によって紡がれる。男ほどの魔力があれば、子どもや子孫が強い魔力を持つ可能性は高い。国にとって男の血を継ぐ子どもは、喉から手が出るほどに欲しいものだった。

しかし彼はどんな娘をあてがっても興味を示さないし、娘たちのほうがなんとか距離を縮めようと努力しても最終的には皆「自分には無理だ」と言い出す始末だという。

こうあっては埒《らち》が明かないと、今回強制的に結婚させることが国命で決まった。

男は渋っていたが、この結婚がうまくいかなければ、この先無理に相手を薦めることはしないという条件つきで了承したという。

「どんな娘でも良いというわけではない。魔力持ちが生まれる家系の娘でなければならない」

　強い魔力は、魔力を持たぬ者には毒だ。

　魔力に耐性のない家系の女性が魔力持ちの子を孕《はら》めば、出産に体が耐えかねて命を落とすこともある。

　エステルは、たとえ親に憎まれた娘であっても、血統が確かならば子どもを産むには問題ないと判断されたのだ。もしくは、エステルの過去からどんな仕打ちにも耐えられると考えられてのことかもしれない。

　パブロの視線には、姉の婚約者を誘惑した罪で修道院に入れられるような淫売であれば男を籠絡《ろうらく》できるのではないかという蔑みが含まれている気がして、エステルは逃げるように視線をそらす。

　どこまでもエステルという存在を愚弄した、馬鹿げた話だ。

「お前が役に立つとは到底思えんが、女は女だ。子を産むことくらいはできよう。お前がこの国の役に立つのならば、あの子も浮かばれる」

　あの子、という父親の言葉にエステルの肩が震える。

　その震えに父親はわざとらしく鼻を鳴らし、眉を吊り上げた。

「子どもを産むことができないのならばお前に存在する価値はない。男に捨てられたとしても我が家に戻ることは許さん」

憎しみの宿った瞳に睨みつけられてしまえば、逆らう術などない彼女はただ静かに頷く。

元より、逆らう理由も術もエステルには残されていない。

「これはお前に与えられた、唯一の贖罪《しょくざい》の機会と思うがいい」

「はい」

「しかしゆめゆめ忘れるな。お前が何人子どもを産もうがお前の罪が真に許される日はこない。お前は私から息子を、この国から次代の魔力持ちを奪った。お前は血の繋がった弟を見殺しにした罪人なのだ」

「……はい」

幼い日、必死に手を伸ばし泣き叫ぶ弟の姿を思い出し、エステルは目頭を熱くした。

しかし自分には泣く資格すらないと、父親の言葉に深く頭を垂れる。

あの事件は、なにもかもが不幸な巡り合わせでしかなかったというのに。

＊＊＊

幼いラシェルとエステルは、瞳の他はよく似た姉妹であった。

しかし、ラシェルは魔力を秘めている可能性の他に、生来の気の強さもあり華やかで存在感のある美しさを感じさせる少女だった。

派手なドレスや装飾品を好み、おしゃべりや歌やダンスを愛する彼女は屋敷中の人気者。

エステルは姉とは真逆で、内気でなかなか自分のことを主張せず、いつも控えめな少女だった。

家の中にいることを好み、ドレスよりも本をねだり、宝石よりも鉱石や植物を好み、迷惑をかけることはないが目立つこともない存在。

周囲がラシェルを優遇するのは当然の流れで、彼女はそんな周囲に甘やかされて我儘《わがまま》な娘に育っていった。

その結果、エステルはいつもラシェルのオマケでしかなく、いつだってラシェルの我《わが》儘《まま》に振りまわされるようになっていた。

それでも彼女たちが幼い頃の両親は、姉妹に平等だった。妹に無理難題を押しつける姉を咎める日もあったし、妹だけを膝に抱いてくれる夜もあった。

エステルが六歳になった年、クレメール家に念願の男児が生まれた。ジョルジュと名付けられた彼の瞳は、エメラルドのごとく輝く美しい宝石眼だった。強い魔力を持つであろう次代の誕生に、家族中が喜んだ。

可愛い弟と優しい両親。エステルは十分に幸せであった。

あの日までは。

それはジョルジュが五歳を迎える夏の始まりに起きた。

避暑を兼ねて、夏の間は別荘で過ごすのがクレメール家の恒例行事。

可愛い盛りのジョルジュの手を引き、エステルは両親と共に別荘に向かうことをなにより楽しみにしていた。

十三歳になったばかりのラシェルは田舎の別荘地に行くことが不満な様子で、馬車の中で悪態をついては何度も両親にたしなめられていた。

ジョルジュの誕生日を祝うパーティの準備をする間、両親はラシェルに妹と弟をよく見ているようにと言い付けた。

だが、奔放なラシェルは当たり前のようにその言い付けを無視した。弟の子守をエステルに押しつけ、自分は護衛の騎士を連れてさっさと遊びに行ってしまったのだ。

なんでも別荘から少し離れた小さな町に劇団が来ているという噂を聞きつけたらしい。

華やかな催しを好むラシェルは我慢ができなかったのだろう。

残されたエステルは姉の奔放さに慣れていたこともあり、早々に両親への報告を諦め、ジョルジュと庭先で、年配の侍女に見守られながら花冠を作るなど、静かな遊びに興じていた。

エステルは買ってもらったばかりの小さなイヤリングをつけ、ジョルジュは真新しい靴を履いて、二人は小さな王女と王子になりきって遊んでいた。

このとき、両親に報告していれば。せめて屋敷の中で遊んでいれば、彼らの運命は変わったのかもしれない。

二人に近づく不審な影。侍女が気づいたときにはもう遅かった。侍女のつんざくような悲鳴と共に花畑が血に染まる。

突然現れた大柄な男二人がジョルジュの足を掴み、軽々と持ち上げた。

幼いジョルジュは「おねえちゃん」と泣き叫び、エステルにしがみついたが、あっという間に引きはがされ、猿ぐつわをされて麻袋に押し込められる。ジョルジュの靴の片方だけがその場に落ちた。

エステルは小さな体で男たちにしがみつき、必死に弟を返してと叫んだが、少女が大人の男相手に敵うはずもない。

「うるさい小娘だ！　だが貴族のお嬢様なら使えないこともないな」

泣き喚くエステルをしたたかに殴りつけた男たちは、エステルにも猿ぐつわをかませ、違う袋に押し込めようとした。

しかし侍女の叫びと、尋常ではない子どもの泣き声に気がついた者たちが駆けつけ「人さらいだ」と騒いだため、男たちはエステルを乱暴に投げ捨て、ジョルジュを入れた袋ひとつだけを抱えて走り去る。

エステルはもうろうとする意識の中で、ジョルジュの入れられた袋を見つめ続けていた。袋を担ぎ上げた男の腕に残る奇妙なかたちの入れ墨だけがやけにはっきりとエステルの目に焼きついた。

「ジョルジュ……」

小さな手を伸ばしても届かない悲しみと絶望に打ちのめされながら、エステルは意識を失い、三日三晩悪夢にうなされ寝込み続けた。

助けられなかった小さな弟の泣き顔や、小さな麻袋の内側から必死にもがく光景は、幼い彼女には衝撃的すぎたのだ。

そして、ようやく目を覚ましたエステルに向けられたのは、両親の優しい言葉やいたわりではなく、激しい叱責だった。

「なぜ、ジョルジュを連れ出した!!」

エステルは咄嗟にラシェルを見たが、当のラシェルはしくしくと泣きながら母の腕の中でジョルジュの名前を繰り返し呼んでいる。

母親はそんなラシェルの背中をさすりながら、エステルを睨みつけていた。

「お前がラシェルと騎士から逃げ出してさえいなければ、こんなことにはならなかったのだ!!」

父親の怒号にエステルは「ちがう、ちがう」と泣きじゃくったが聞き入れてもらえず、幼い舌はそれ以上の反論を紡ぐことができなかった。

姉は自らが罰せられるのを恐れ、護衛の騎士を買収でもして口裏を合わせたのだろう。姉についていた騎士もラシェルの言葉に同意した。

真実を知っていた年配の侍女は助けが間に合わず命を落としており、エステルの味方をしてくれる者は誰もいない。

侍女の死と、弟を喪失した悲しみでエステルは泣き叫びたかったが、誰も自分を信じない。

憎しみの視線を向けられる状況に胸が潰れそうな恐怖と足下の不安定さを感じ、ついには言葉を失い立ち尽くした。

そんなエステルの態度に両親は罪を確信し、ますます彼女を糾弾した。

息子を失った悲しみは、その原因である幼い娘への憎しみにすり替わってしまったのだ。

エステルは両親に信じてもらえぬ悲しみや辛さ、姉に陥《おとしい》れられたという衝撃、そしてなにより自分の無力ゆえに失ってしまった弟への罪の意識により、深い絶望の底へ心を沈めた。

ジョルジュをさらったのは、見た目の良い子どもを商品として扱うような人さらいだったのか、それとも魔力持ちになる可能性のあるジョルジュを狙ったものだったのかは結局わからずじまいだった。

両親はほうぼう手を尽くしたようだったが、エメラルドの宝石眼という特異な子どもであるはずのジョルジュの痕跡はどこにもなかった。

唯一の手掛かりと思われたのは、エステルが覚えていた男の腕の入れ墨だったが、幼い子どもの曖昧な記憶では捜索の役には立たないと一蹴された。

エステルもさらわれかけていたと、古くから屋敷に仕える使用人や護衛の騎士たちが両親にとりなしてくれることもあったが、両親の態度は頑なだった。

嫡男《ちゃくなん》を失った悲しみのはけ口を、幼いエステルに定めてしまったのだろう。

以降、エステルは両親から愛されずに疎まれ続けることになる。

ラシェルはエステルの口から真実が暴露されるのを恐れてか、必死ともいえる勢いで彼女を虐げ続けた。ラシェルに味方した騎士は罪悪感に苛まれたのか、しばらく後に姿を消してしまった。

エステルはどんな扱いを受けようと、弁明をすることも逆らうこともなく、無気力で無抵抗であった。それがさらに両親を歪ませ、姉を増長させた。

目に見えるような暴行こそなかったものの、存在を無視され、些細なことで責めたてられる日々。いっそのこと捨ててくれればと願った夜もある。自ら命を投げ出すべきかと悩んだ夜もだ。

しかし自分で逃げ道を選ぶことすら許されない気がして、エステルはひたすらにすべての憎しみや非難を受け入れた。

それが唯一、自分にできる贖罪《しょくざい》であると信じて。

「お父様の望む通り、子どもを産むことができれば、ジョルジュは私を許してくれるのかしら」

小さくて可愛い弟。自分の後をついてまわり、姉と慕ってくれた。柔らかくて温かい、愛すべき存在。輝くエメラルドの瞳。

自分が手を離さなければ、もっと早く気がついて逃げていれば、すぐに叫んで誰かを呼んでいれば、姉と騎士がいなくなった時点で父母のもとへ戻っていれば。

どうしようもない後悔で繰り返し身を焦がすエステルは、自分が罪人であるという意識に支配されていた。

「アンデリック・カッセル様」

パブロから教えられた夫となる人の名前を呟きながら、瞼《まぶた》を閉じる。

どんな人だろうか。優しい人ならいい。そんな淡い期待が浮かぶが、すぐに首を横に振って自分の甘い考えを消し去る。

元より血を繋ぐための結婚だ。愛し愛されるためのものではない。

だからこそエステルにはそれが救いだった。

罪人である自分が誰かを愛するなど許されるわけがない。

罪人である自分を誰かが愛してくれるはずなどない、と。

＊＊＊

結婚をするというのに、一度も相手と顔を合わせることもなく日々は過ぎ、手紙での簡単なやり取りと書類にサインをしただけで、エステルは顔も知らぬ男の花嫁となった。アンデリックの希望で式の類はしないことが決まっていた。

エステルもむしろそれで安心していた。神の御前でいつわりの宣誓をするのは心苦しかったから。

とても質素な輿入《こしい》れであった。知らぬものが見れば、修道院送りになる貴族の令嬢としか思わないだろう。

事実、この結婚はパブロの命により、父以外の家族にはしばらく伏せておくようにと言われている。

母も姉もエステルは修道院に行くものと思い、見送りにすら出てこない。

父親は娘の行く末を知っているにもかかわらず、なにひとつ言葉をかけなかった。

名家の娘とは思えぬ質素なドレスに身を包み、侍女の一人も連れぬ孤独な花嫁道中だったが、エステルは一言も文句を言わなかった。

長い道のりを経て辿りついた、エステルの新たな住まいとなるアンデリックの屋敷は、人里離れた森の中。

薄暗く、日の光も届かないような鬱蒼《うっそう》とした森の中にたたずむ屋敷は、どこか不気味ですらあった。

唯一の付き添いであった御者はその光景に顔色を悪くし、エステルとわずかな荷物を門前に降ろすとすぐさま馬車に乗り込み、走り去ってしまった。

取り残されたエステルは、馬車の姿が完全に見えなくなってから、門柱に備えつけられた呼び出しのベルを鳴らす。

すると屋敷から小柄な老女が現れ、きびきびとした動きでエステルを出迎えてくれた。彼女はこの屋敷唯一のメイドで、名前はベルタだと名乗った。

ベルタは丁寧な優しい口調でエステルに話しかけ、道中の疲れをいたわってくれた。

親切なその態度に、エステルはわずかばかりに安堵した。この結婚はアンデリック側にとっても不本意なものだと聞かされていたため、冷たくされるかもしれないと嫌な想像をしていたからだ。

「ご主人様はまだお休み中です。先にお部屋へご案内しましょう」

もう日が高いというのにまだ寝ているのだろうかといささか不思議に感じたが、魔法使いとは常識では測れぬ存在なのだろうと納得し、エステルはベルタの案内に従う。

用意されていた部屋は華美ではないが、十分すぎるほどに広く、丁寧に掃除されている。

柔らかなベッドに腰掛けると、エステルは自分がずっと緊張していたことに気がついた。

部屋の奥には隣室へ続く扉があり、そこが夫婦の寝室なのだと気がつくと、エステルは年頃の娘らしく頬を染める。

(子どもを作る、というのは、そういうことなのよね)

不意にクロードに組み敷かれた記憶がよみがえる。無骨な手が乱暴に、無遠慮に肌をまさぐる感触には嫌悪感しか抱けなかった。

あの感覚を乗り越えなければ子どもができることはないと学んでいるが、果たして自分は夫との行為を受け入れられるのだろうか。

それ以前に、数々の美しい娘を望まなかったという人に、自分は抱いてもらえるのかという不安が湧きあがる。

落ち着かない気持ちでベッドに腰掛けたまま固まっていると、扉を優しくノックする音がした。

応えるとベルタが顔を出し、お茶の用意ができたのでサロンにどうぞと呼びかけられる。

案内されたサロンは温室のような造りになっており、豪華にも壁一面がガラス張りだ。暖かな日差しがポカポカと心地良い。

別世界に来たような違和感に戸惑うエステルがあちこちに視線をやると、ガラスにもたれかかるようにして本を読んでいる男性を見つけた。

「まあ」

自然と声が零れていた。

光に照らされる銀髪と、サファイアのように輝く濃いブルーの瞳。

男性に向けるべき言葉ではないかもしれないが「美しい」と呼ぶにふさわしいその人は、エステルの存在など目もくれず、ただ本へ視線を向けている。

エステルを驚かせたのはその美しさだけではない。美しい銀髪の間からは、わずかなうねりをおびた拳ふたつほどの長さの角が生えているのだ。

牡鹿というよりは牡羊のそれに近い角は、白くつるりとした乳白色で、思わず触れてみたくなるほどに美しかった。

「ご主人様、奥様をお連れしました」

ベルタの紹介にエステルはようやく我に返り、慌てて頭を下げる。

「はじめまして旦那様。エステルと申します。どうぞよろしくお願いいたします」

エステルの挨拶に、アンデリックはわずかに視線を向けただけで返事はしない。

どうしたらよいかわからず、エステルは立ち尽くす。

元より彼に望まれたわけではない。パブロはああ言っていたが、アンデリックに「いらない」と断られてしまえばエステルになす術はない。

「エステル様、こちらへおかけを。温かいお茶をどうぞ」

ベルタの声に救われるような気持ちで、用意されていた椅子に腰掛ける。日差しにより温まった椅子は心地良くエステルを包み込んだ。

湯気を立てる紅茶は薄紅色で、甘い香りが鼻をくすぐる。

緊張していた体がほぐれていくのを感じた。

「素敵な香りですね」

口に含むと花のような味わいが舌を撫でる。

きっと高級な茶葉なのだろうとベルタを見ると、自ら庭で育てた茶葉を使っていると教えてくれた。彼女はとても有能なメイドらしい。

「ご主人様も、いつまでも本を読んでいる振りなどせずに、早くこちらへ来て奥様とお話をしてください」

「……」

メイドにあるまじき口調でベルタが声をかけると、アンデリックはわずかに眉間に皺を寄せたものの、無言のまま静かな足取りでエステルの正面に腰を下ろした。

（本当に、なんて美しい人なのかしら）

髪や瞳だけではない。整った鼻筋やかたちの良い唇は上品だ。

感情のない表情をしてはいるが、その美しささえあれば、笑みを浮かべる必要などないだろう。

それに先端を天に向けたあの美しい角は、触るといったいどんな感触がするのだろうとエステルは胸をときめかせた。

（あの角は、羊のようにわずかに温かいのかしら。それとも象牙のように冷たいのか……どんな触り心地なのかしら）

うっとりとした瞳で自分を見つめるエステルの視線に、アンデリックはなぜか落ち着かない様子で視線を泳がせる。

「遠いところまでわざわざご苦労だった。この度のことはあなたも望まぬことだったと聞いている」

想像していたよりもずっと優しい声と口調に、エステルは角から視線を外し、真正面からアンデリックと視線を交わす。

数多《あまた》の娘たちに興味を示さず、その心を折ったとは思えぬ優しい声と柔らかな視線だった。

「い、いいえ。旦那様は尊いお方。私に不満などありません」

結婚の経緯は確かに不本意なことばかりだったが、アンデリック個人に対して不快な感情はなにひとつない。むしろ想像していたよりもずっと素敵な人で、エステルの感情がわずかに上を向く。

しかし、その気持ちはすぐさま冷めることになる。

「エステル、といったな。残念だが俺は誰かと結婚する気もなければ子どもを作る気もない。国にせがまれ書類上では夫婦となったが、俺と君は他人だ。しばらくはここに居てもいいが、ほとぼりが冷めたら早々に出ていってくれ」

アンデリックの言葉に、エステルは返事をすることができなかった。

初めから愛など存在しない、用意された結婚だ。愛してもらえるなど思っていない。

パブロからの命令と贖罪《しょくざい》のために子どもを産めればという浅ましい自分の願いを叶えるためにここに来たのだから、それを咎められても仕方ないと思っていた。

だが、まさか初対面でここまで言い切られるとは思っておらず、エステルは衝撃を受けた。

ここを追い出されたら行くあてなどない。

元より捨てた命と思っていたのに、本当に行くあてがなくなると感じた途端、エステルは腹の底が冷えていくのを感じた。

自分は罪人であるとわかっているのに、命にしがみついてしまう浅ましさが情けなかった。

「わかったのなら、この屋敷にいる間は好きにしていい」

そう一息に言い切るとアンデリックは席を立ち、サロンを出ていった。

暖かい日差しが差し込んでいるはずなのに、指先のひとつまで動かせないほどの寒さを感じ、エステルはうつむいていた。

＊＊＊

「なんなのだ、あの娘は」

アンデリックは先ほど初めて顔を合わせた、自らの妻となったエステルを思い出し、忌々しげに顔をしかめた。

「俺を見て逃げ出せばよいと思っていたのに、あんな」

うっとりと、恋でもしたかのように自分を見つめる瞳。あんなものは初めてだった。

アンデリックはこれまで何人もの娘に引き合わされた。

彼が魔法使いと呼ばれる以上、子どもを作ることは義務であるかのように周囲が騒いだ結果だ。

どんな令嬢も最初はアンデリックの美しい容姿に頬を染めるが、すぐさまこの醜い角の存在に気がつき、表情を凍らせる。

最後まで淑女らしく静かに振る舞う女はまだ優秀だ。大抵の娘は引き攣った悲鳴を上げるか、涙を浮かべすぐさま逃げ出す。

それはそうだろう。人間に角が生えているなど奇怪以外のなにものでもない。

その結果、両手で足りないほどの見合いをさせられたが、ほとんどの娘がアンデリックの妻になることを望まなかった。唯一、角ぐらいならば我慢できると顔を青くしながらも気丈に応えた娘もいたが、結局アンデリックのとある事情を知るや否や、悲鳴を上げて逃げ出した。

「くそっ」

しかしエステルは違った。最初にアンデリックを視界にとらえたその瞬間から彼が冷たい言葉を伝えるまで、夢でも見るかのように優しい眼差しを向けていた。

際だった美しさはないものの、柔らかそうな栗色の髪とくるりとしたアイスグレーの瞳。愛らしい、という表現がしっくりくる彼女は声まで可愛らしく、うっすらと頬を染めアンデリックを見て微笑む真似までしてみせた。

可憐なその笑顔が、頭に焼きついて離れない。

「馬鹿か。なにを考えているのだ、俺は」

アンデリックはありえないと苛立ちを募らせる。

あれはすべてまやかしだ。きっと角のこともあらかじめ言い含められていて、表情を作ったに違いないと自分に言い聞かせる。

なかなか結婚相手を決めないアンデリックに、業を煮やしたパブロが最後に薦めてきた相手がエステルであった。

『彼女で無理ならば、もうなにも言わない。代わりに婚約ではなく正式に結婚してかたちだけでも整えてほしい』

そこまで言われ、アンデリックは渋々ながらその提案を受け入れた。

この国にいる唯一の魔法使いが長く独身では色々と勘繰られることもあり不便なのだ、とのたまい、毎日のように顔を出してくるパブロの鬱陶《うっとう》しさに根負けし、「本当にこれが最後だ」と了承したのが先月のこと。

結婚式はしない、従者やメイドを連れてくることは許さない、迎えにも行かない、来るのならば勝手にすればいいと、かなり酷い内容の手紙を出したのに、それらすべてを了承したかたちで、エステルは本当に身ひとつでやってきた。

「あんな……」

いずれは出ていってほしいと告げたときに見せた悲しげな顔を思い出し、アンデリックは胸が苦しくなった。

これまで自分が怯えさせた人間は多いが、それらはすべてこの角が生えた奇異な見た目のせいだ。アンデリックは人前でほとんど口を利かない。人と関わることすら稀《まれ》なのだ。

だが、あのときエステルが見せた顔は怯えや恐れとは違った。

アンデリックの容貌ではなく、アンデリックに拒まれたことに傷つき、悲しんでいるように見えた。

そんなものは演技に違いないと思いながら、アンデリックは初めて自分の意思と言葉で他人を傷つけたかもしれないということに、戸惑いを隠せないでいた。

アンデリック・カッセルはアクリア国唯一の魔法使いとして、この屋敷に隠れるように暮らしている。アンデリックの持つ魔力は強大で、そしてどんなに難しい魔法も再現することができる。ただの魔力持ちとは桁違いの実力を持つ、特別な存在だ。

だが彼の母であるアンシー・カッセルは、魔力に縁のない世界に暮らす、平凡な村娘だった。

親を早くに亡くしたが、持ち前の明るさとひたむきさで必死に生きていた女性で、野菊のような可憐さを持っていたという。

そんな彼女の魅力は、村の視察に来ていた若き国王の目に留まってしまうことになる。

王太子から国王に即位したばかりの彼は、己の欲に忠実だった。

国王は、恋人がいるというアンシーの訴えを無視し彼女を求めた。もちろんアンシーは抵抗したが、相手は王族。周りの大人たちからも言い含められ、アンシーはその身を差し出すほかなかった。

視察で村をはじめとした地方をめぐる間、国王はアンシーを愛妾《あいしょう》としてそばに置き、寵愛《ちょうあい》した。

視察が終わり、王都に帰る段になった国王はアンシーを側室として王宮に連れ帰ろうとしたが、王妃が出産間もないことを理由にそれは叶わなかった。

いつか迎えに来るという甘言《かんげん》といくらかの金品を残し、国王は王都に戻ることになる。

王の御手付きになったアンシーは恋人とも別れ、王からの連絡を待つしかない。

だが、王妃が王子を産んだという知らせが国中に届いても、王からの便りはなかった。

アンシーは汚された体と奪われた未来への悲しみから、心を病んだ。日に日に衰弱し、弱る体と反比例するように、アンシーは腹をふくらませていく。

そう、王の子を孕《はら》んでいたのだ。

どうにかして王家に連絡を入れるべきではと周囲は何度も説得したが、アンシーは頑なにそれを拒んだ。自分を弄んだ国王に子どもまでも奪われたくないと思ったのかもしれない。

ふくらむお腹を撫でながら「この子に罪はない、幸せにする」と笑う日さえあったという。

だが、アンシーは出産と同時に命を落とした。

生まれた子どもは見事なサファイアの宝石眼だった。

宝石眼の子どもは、魔力持ちの母親からしか無事に生まれることはないといわれていた。子どもの持つ魔力に母体が耐えられないのだ。

だが、そんなことをただの村娘であるアンシーや村人たちが知るはずもない。

当然、周囲は困惑した。

おそらくは王の落胤《らくいん》。だがアンシーが死んだ今、証拠はなにもない。

アンシーが息子に残したのは「アンデリック」という名前だけ。

養う者のいない子どもは孤児院に送るべきだが、アンデリックは希少な宝石眼。

宝石眼の孤児がいるとわかれば調べが入る。

経緯を知る者は少ないが、きちんと調べられれば隠し通せる身の上ではない。

哀れなアンシーが幸せにしたいと願ったこの子をどうするべきか、村人たちは悩みながらもこっそりとアンデリックを育てていた。

そんな村人に手を差し伸べたのは、偶然村へ商売をしに来た商人であった。

「宝石眼の赤子がいると聞いたのですが、いったいどうしたことでしょう」

もとは貴族だったという商人に、村人は藁《わら》にもすがる思いで相談を持ちかけた。

問題を避けるため、アンデリックが王の落胤《らくいん》であることは伏せ、貴族の御手付きになった村娘が命と引き換えに産んだ子どもということにしたのだ。

「では、この子は私の息子として引き取りましょう。なに、立派な商人にしてみせますよ！」

人のよさそうな商人の言葉に、村人たちは安心してアンデリックを託すことにした。

だが……

「こんな美しい宝石眼は見たことがない。魔力の濃度も高いはず……お前は金のなる木だ」

養父となった商人の目的は、アンデリックの魔力だった。

幼いアンデリックは、養父が自分の瞳を見て卑しく笑う姿を見るのがなによりも怖かった。

衣食住に困ることはないが、愛されるわけではない日々。

だが、五歳を過ぎてもアンデリックは魔力を発現させなかった。

七歳になってもなんの兆候も見せないアンデリックに焦れた養父は、とうとう行動を起こした。

「ええい、このままではコイツを拾ってやった意味がない！　計画が台無しではないか！」

危険な目に遭えば衝動で魔力が発現するという噂を信じて、幼いアンデリックを池に突き落とし、わざと溺れさせたのだ。

命の危機に陥ったアンデリックは、養父のもくろみ通り魔力に目覚めた。

湖をまるごと、その魔力で凍らせたのだ。

命からがら凍った湖から這い出た彼に、養父は「よくやった！」と歓声を上げた。

しかし、湖に突き落とされた動揺と悲しみから、アンデリックは自分の背中を撫でた養父の手まで凍らせてしまう。

凍った自分の手に驚いた養父は、アンデリックを殴りつけ蹴り飛ばした。

魔力に目覚めたばかりで制御などできないアンデリックは、その暴力に対し本能で反撃した。

養父は見る間に、つま先から頭の先まで、綺麗な氷の結晶となってしまったのだった。

過失とはいえ、養父の命を奪ってしまった。

それは幼いアンデリックにとって深い傷となる。

その出来事は事故として処理され、魔力を発現させたばかりの幼いアンデリックが罪に問われることはなかった。

調査の過程で、養父がアンデリックの魔力を不正に闇で売りさばこうとしていた証拠も発見された。以前から、国で管理すべき魔力を私利私欲のために裏取引する組織があるという噂があったのだ。しかし当の養父が死んでしまったこともあり、それ以上のことはなにもわからなかったという。

アンデリックは泣くこともできなかった。

行き場を失くした彼をこの先どうするべきか。宝石眼で魔力持ちの彼を放っておくことは当然できない。そうして身元が調べられたことで、ようやく彼の正体が王の血を引くこの国の王子であると明らかになった。

当然、絶大な魔力を持ったアンデリックを王子として受け入れるべきだと貴族からは声が上がる。

国王はアンシーという村娘に寵愛《ちょうあい》を与えたことは覚えていたようで、アンデリックを自分の子と認め、王子という肩書きを与えた。

だが、王妃だけはアンデリックを城に招くことを頑なに拒んだ。

王妃の産んだ子どもは、アンデリックと同じ歳の王太子をはじめ誰一人として魔力を発現させなかったのだ。その状況でアンデリックが城に王子として迎えられれば、自分の子どもの立場が脅かされると恐れたのだろう。

結果、アンデリックは王子とは名ばかりで、王宮の奥にあるさびれた離宮に閉じ込められ、人目をはばかるような日の当たらぬ生活を強要された。

彼に与えられたのは、壮齢のメイド一人だけ。

誰とも関わることなく、ただ読書をし、空を眺めるだけの生活。

そんなアンデリックに近づいたのが、パブロだった。

当時、一介の騎士だった彼は魔力持ちではないが、魔法を研究する家系の生まれであったことから、アンデリックの教育に関わることになった。

彼は強い魔力を国の役に立てるべきだと、アンデリックに魔法の素晴らしさを説いた。

だが、魔法で養父を殺した過去を持つアンデリックにとって、魔法は憎むべき力でしかない。

母を死なせたのも自分の魔力のせいだと知ったこともあり、その思いはアンデリックの心を根強く縛っていた。

それでも孤独であったアンデリックには人恋しさもあったのだろう、自分に唯一積極的に関わってくるパブロの言葉に従い、魔法を学び、魔力を差し出すことを覚えた。

魔力を差し出しさえすれば、城の人々がアンデリックに冷たくあたることはない。

元より持っていた強大な魔力と天才的な素養により、アンデリックが十歳になる頃には、国内で右に出る者がいないほどの魔法技術を持つようになっていた。

そしてアンデリックは、魔法使いと呼ばれるまでに成長したのだ。

その功績から出世し、将軍となったパブロに庇護される日々。

アンデリックは、母と養父の命を奪った贖罪《しょくざい》として魔力を捧げるだけの静かな生活を望んだ。

そんな彼の運命が大きく変わったのは、十二歳を迎えた年だった。

突然、頭から角が生えはじめたのだ。

最初は小さなこぶだったそれは、見る間に鋭くなり長さを増していく。そして角の成長と共に魔力が肥大し、すでに失われたといわれていた魔法さえも扱えるようになった。

パブロは喜んだが、周囲は当然アンデリックの奇異な角を恐れた。

特に王妃は、あの角はアンデリックを冷遇した自分への呪いだと錯乱した。

王妃を宥めるため、アンデリックは辺境の屋敷へ隔離されることが決まった。

それだけではなく、王子の肩書きを名乗ることを禁じられ、魔法使いアンデリックとして生きることを義務づけられたのだった。

「あなたはこんな扱いをされていい存在などではない。王子の魔力はこの国を変えるというのに」

最後までアンデリックの隔離に反対していたパブロは、離宮を離れるアンデリックを見送る際にそう口にする。

仄暗いその瞳は、かつてアンデリックの魔力を欲した養父と同じものだった。

結局、パブロも自分の魔力だけが目的だったのだとアンデリックは悟り、心から世界に失望した。

他人など自分を都合よく利用しようとする煩《わずら》わしい存在でしかないのだと。

エステルのことも、魔法使いとの結婚に目がくらんだ愚かな娘で、自分を見た瞬間に恐怖と嫌悪で逃げていくとばかり思っていたのに。

「チッ」

苛立ちを込め、机を拳で叩く。すると突然その部分に薄い氷の膜が張る。

アンデリックが人と接するのを拒むもうひとつの原因。

王子であるアンデリックが隔離されることになった、最大の理由だ。

角が生えて以来、アンデリックは感情の高ぶりが酷くなると魔法の制御ができなくなり、触れたものを凍らせてしまうようになっていた。

一度、子どもさえできれば良いと考えたパブロが、夜中にアンデリックの寝所に複数の女を差し向けてきたことがあった。

媚薬を飲まされ昏倒していたアンデリックは服を脱がされかけたところで意識を取り戻し、激昂して女たちのドレスを凍りつかせ粉砕した。当然、女たちは悲鳴を上げて逃げ出した。

異形の角という難関を乗り越えた婚約者候補もこれを知った途端、顔を青くして逃げ帰る。

きっとあの可愛らしい娘も、このことを知れば自分に触れることを拒むだろう。

誰だって氷漬けになどなりたくはないのだから。

彼女の嫌悪と恐怖に満ちた目を想像すると、胸が痛んだ。

エステルに恐怖の視線を向けられることを想像するだけで、なぜこんなに胸が苦しいのかわからず、アンデリックは薄く張った氷に映る自分を見つめていた。

＊＊＊

「不器用なお方なのです。どうか許して差し上げてください」

サロンに残されたエステルに優しく声をかけたのはベルタだ。冷え切った紅茶を淹れ直してくれた。

「あの、旦那様は」

「お部屋に戻られたのでしょう」

「……私のことがお嫌いのようでした」

望まれていないとは思っていたが、あそこまで言い切られると取りつく島がない。

子どもなど夢のまた夢であろう。

「嫌いな相手であればご主人様は口などききませんよ。あれは奥様を案じてのことです」

「私を、案じて……」

いったいなにを案じられているというのだろうか。エステルは理解できずにうつむくばかりだ。

「わたくしは長くあの方のそばで仕事をさせていただいておりますが、根はお優しい方です。どうか、気を長くお持ちください」

ベルタの言葉は優しい。

エステルはその言葉に小さく頷くと、温かな紅茶を口に含んだ。

その夜、アンデリックはエステルの前に姿を現さなかった。

一人で夕食をとり、自室に戻ったエステルは、勇気を出して夫婦の寝室に続く扉を叩いたが、内側から鍵がかけられていてびくともしない。

冷たいドアノブの感触に、エステルは泣きそうなほどの絶望に襲われたが、涙をこらえ静かにベッドに戻り、体をまるめて眠りについた。


翌朝、ベルタが起こしに来るよりも先にベッドから起き出したエステルは、自ら身支度を整える。

「奥様、お世話が遅れて申し訳ありません」

「いいのよベルタ。あなたも一人で大変でしょう？　私も今日からはここの住人です。手伝えることがあったら、なんでも言ってね」

実家でもエステルの世話はおざなりだった。自分で自分のことをするのは得意だと柔らかく微笑む。

「旦那様はご一緒ではないの？」

「ご主人様はまだお休みです」

「そう……」

避けられているのだろう、とエステルは胸を痛める。

しかし泣いて喚いたところで状況が良くなることはないということを嫌というほど学んできた彼女は、自分にできることを粛々とこなすまでだと朝食を口にした。

朝食の後、一緒になって食器を片づけるエステルにベルタは戸惑っていたものの、その手際の良さにわずかに目を見張り、その後はエステルの要求に応え、仕事への助力を求めた。

ベルタもエステルの立ち振る舞いからなにかを感じ取ったのだろう。余計な詮索をすることも、はしたないなどと咎めることもしなかった。

食堂のテーブルクロスを片づけながら、エステルは不思議と満たされた気分を味わっていた。

実家にいた頃は父母や姉の目があるせいで使用人たちと話すことなど許されなかったエステルは、自分に仕事があることや、飾らないベルタとの他愛のない会話が新鮮でとても楽しく感じられた。

ベルタにしても、これまで主人に差し向けられてきた令嬢たちとはまったく違うエステルに親しみを覚えていた。心根の優しそうな言葉遣いや所作に優しく微笑み、彼女の望むまま共に働いた。

それに、年老いたベルタ一人ではこの屋敷は広すぎるのだ。

アンデリックは無頓着であるため、あまり屋敷のことに言及することはないが、使われないまま放置されたいくつもの部屋や、長く趣《おもむき》の変わっていないホールなどは古臭い雰囲気が否めない。

屋敷にはアンデリックが魔力を通して使えるようにしてくれた古い大型の洗濯機があるが、干したり畳んだりするのは結局人間の手仕事であった。シーツなどを洗って干した後、ベルタはエステルに庭を案内した。

前庭はあまり手入れが行き届いていなかったが、裏庭はベルタが手を入れているのだろう。昨日アンデリックとエステルが話をしたサロンからよく見える位置に、いくつもの畑が作られていた。

「凄いのね、ベルタ。まるで農園か薬草園よ」

「ご主人様はあまり外出をされたがらないので、なるべく自給自足を心がけているのですよ」

畑には野菜の他に、数々の薬草が植えられていた。これは切り傷、これは発熱に効くのですよ、と母が娘に説くように、ベルタはエステルに薬草の効能を教えた。

野菜もいくつかの種類が植えられており、エステルはこれまで本でしか知らなかった知識を目の当たりにして目を輝かせた。

「あそこにはなにも植えないの？」

裏庭のほとんどが畑として活用されているが、バラの低木に囲まれた一画は荒れたままだ。

「ええ。昔は花なども育てていたのですが、どうしても手が回らず、実用的なものばかりになってしまって」

「そう……も、もしよければ私が好きに使っても？」

「奥様が？」

「ええ、一度やってみたかったの」

「そうですか。では花の種などを取ってきましょうか。以前育てていた花から採取したものが残っていたはずです」

ベルタは微笑むと、エステルに小さな畑と種を託した。

ドレスが汚れてはいけないからとベルタからお仕着せを借り、調度品を季節のものに入れ替えたりカーテンを掛け替えて洗っては干したりといった仕事も手伝った。

そんな、貴族の夫人や令嬢とは思えない日々が数日過ぎたが、アンデリックはエステルに会うことを避け続け、食事も部屋でとっている様子だった。

エステルは見向きもされないことに胸を痛めたが、やるべきことがあり、酷い意地悪をされるわけでも疎ましい視線を向けられるわけでもない今の生活のほうが、親元で暮らしていた日々よりもずっと静かで好ましかった。

しかし、ふとした瞬間、子どもを産まなければこの結婚に意味などないのに、という昏《くら》い気持ちがエステルを襲う。

アンデリックの美しい瞳を思い出し、同時に涙を流して自分を呼んでいた弟の瞳を思い出す。

(私は罪人。この生活に幸せなど感じてはいけない)

穏やかすぎる日々によりもたらされる安寧《あんねい》の感情に比例するように、降り積もっていく罪悪感に、エステルは押し潰されそうだった。

「これは、君が育てたのか」

「え?」

いつものように、朝の家事を済ませて花の芽に水をやっていたエステルに、突如としてかけられた声。驚き振り返れば、そこにはアンデリックが立っていた。

数日ぶりに顔を合わせたアンデリックは相変わらず美しく、その角も日の光を浴びて淡く光っている。

ぼんやりとアンデリックを見つめるエステルの目線を感じたのか、彼はわずかに居心地悪そうに咳ばらいをした。

エステルは我に返り、急いで問われたことへの返事をする。

「は、はい。ベルタに花の種を貰ったので」

「種から育てているのか。気の長い話だ」

「ええ、そう、ですね」

ようやく芽を出した二葉を見つめ、エステルは戸惑いながらも頷く。

このまま順調に育ったとしても、花が咲くのはひと月先かふた月先か。

しかしそんな日々すら愛しく思えていたエステルにしてみれば、アンデリックの言葉は自分を責めているように感じられる。

「あの、お気に障《さわ》りましたか？　もし旦那様が不快なようであればやめます」

ここまで手を入れてようやく芽が出たばかりだが、アンデリックの不興を買うのだけは避けたかった。

エステルは悲しい顔をするのを悟られぬように、さっと顔を伏せる。両親や姉と対面するときからついた癖だ。

「……いや、好きにして構わない」

「え？」

予想外の返答に、エステルは顔を上げる。

すでにアンデリックはエステルに背を向けたところであったため、その表情を窺《うかが》うことはできなかった。

しかし好きにしていいと告げた声はやはり優しいもので、エステルは呆然としつつも、その背中に「ありがとうございます」と声をかけたのだった。


「それはなにを育てている」

「これは、カモミーユです。良い香りがする白い花が咲きますが、薬としても使えるのだそうですよ」

「そうか」

あの日以来、アンデリックは庭仕事をするエステルに話しかけてくるようになった。

相変わらず食事は別で、顔を合わせることはほとんどないが、ベルタが他の用事でそばにいないときを狙ったようにアンデリックはふらりと現れ、エステルが育てている草花について質問してくるのだった。

いつも短いやり取りしかしないし、無言のままの時間も多かったが、エステルは不思議と居心地の悪さや落ち着かなさを感じることはなかった。

最近では、アンデリックはエステルが庭に出てくる前からサロンに居座り、窓越しにエステルの作業を見ながら読書をするようになった。

言葉を交わす機会は少なくとも、一緒の時間を共有しているような雰囲気に、エステルはほんの少しながらもアンデリックとの距離が縮まっているような気がして安堵していた。

これならば役目を果たせるかもしれない、と。

＊＊＊

「俺はなにをしているんだ」

庭で花に水をやっていたエステルに声をかけたはいいが、どうしたらいいかわからなくなって部屋に逃げ戻ったアンデリックは、手で顔を覆い大きくうなだれていた。

最初に顔を合わせてからの数日は、意地になって部屋にこもり続けていたが、部屋の外から時折楽しげに話をするベルタとエステルの声が聞こえてくるのが気になってしょうがなかった。

気に障《さわ》るわけではないのだ。ベルタとは違う足音や控えめな笑い声は、耳を心地良く撫でるようだった。

窓から外を覗けば、放置されていた庭の一画で、エステルが一生懸命なにかに取り組んでいる姿が目に入った。

ドレス姿ではなくベルタと同じお仕着せで、土に汚れるのも厭《いと》わず微笑みを浮かべている顔は幸せそうに見えた。

アンデリックはその顔を見ているだけで、胸の奥を掻き毟《むし》りたくなるような衝動に駆られるのだった。

今朝はいつもなら聞こえてくる二人の会話が聞こえないのが気になって、久しぶりに部屋の外に出た。ベルタは昼食の準備をしているのか、庭にいるのはエステル一人。

小さな新芽に水をやる横顔はやはり微笑みを浮かべていた。その顔を自分に向けてほしくて思わず声をかけると、エステルは弾かれたように振り返り、目を瞬かせながらアンデリックを見つめた。

その瞳には、やはり怯えや恐怖はない。ただ穏やかで優しい眼差しが、まっすぐアンデリックに向けられる。

なにか用があったわけでも、かけたい言葉があったわけでもなく、ただ顔が見たくて呼んだだけだなどと口にできなかったアンデリックは、エステルに対し、ついぶっきらぼうな言葉を投げかけてしまった。

その途端にエステルはうつむいてしまう。

小さな肩が震えている気がして、アンデリックは息苦しくなった。咎めたわけでも、傷つけたかったわけでもないのに、自分の不器用さが嫌になる。

「なにが『好きにして構わない』だ」

そもそも最初に、出ていくまでは好きに過ごしていいと告げていたはずだ。

自分が花を育てる程度のことを嫌がる狭量な男と思われたのではないかとアンデリックは心を重たくしかけるが、エステルの「ありがとうございます」という柔らかい声を思い出し、胸の奥が疼くのを感じた。

そして翌日もまた、アンデリックは花に水をやるエステルに声をかけていた。そしてその翌日も。

エステルが出てくるのを待って部屋を出るのが気恥ずかしくなり、読書をする振りをしてサロンに居座ることも増えた。

ガラス越しに見る、ちょこまかと庭で動くエステルの姿は、アンデリックがこれまで読んできたどんな本よりも彼の心を動かしていた。

そんな日々がひと月ほど過ぎた頃だろうか。

サロンの窓際の椅子に腰掛け、本を読む振りをしながらエステルの姿を目で追うアンデリックに、ベルタが呆れ交じりの視線を向けながら紅茶を差し出す。

「そんなに奥様が気になるのでしたら、もう少しお話をしてみればよいではないですか」

「俺は読書をしているだけだ。別にアレに用事があるわけではない」

「いい加減に引きこもるのはおやめになって、食事も一緒にとられてはどうですか。お部屋まで運ぶのも手間なのですよ」

「……ふん」

ベルタの遠慮のない言葉に、アンデリックは拗ねたように鼻を鳴らす。

城の離宮時代から唯一のメイドとしてアンデリックに仕えているベルタは、彼に角が生え周囲から怯えられるようになったときも、この屋敷に隔離されることになったときも、嫌な顔ひとつせずにアンデリックのそばにいてくれている貴重な存在だ。

アンデリックは子どものように顔をしかめたが、視線はエステルに向けたままだ。

「よい奥様ですよ。庭仕事だけではなく、わたくしの手伝いまで。お屋敷中がずいぶん明るくなったことに気がついていらっしゃいますか」

アンデリックは返事をしなかったが、ベルタの言葉はしっかり聞いていたし、その通りだと感じていた。エステルが来て以来、薄暗かった屋敷の雰囲気はずいぶん明るいものになった。ずっと前から同じだったカーテンが明るい色味のものに掛け替えられ、調度品も綺麗に掃除が行き届いている。

人が一人増えるだけでもこうも違うのかと、アンデリックは驚きを隠せないでいた。

「それなのにこんなに長く放っておかれて。いずれ手放すおつもりでしょうが、一度きちんとお話をされるべきだと思いますよ」

耳の痛い忠告にアンデリックは頭を抱えたくなった。

（そんなことは、俺が一番わかっている）

半ば強要された結婚だ。エステルにとってもそうなのだろうということは嫌でもわかる。

だからこそ、アンデリックはエステルとの距離を詰めるのが怖かった。

今のところ自分の外見や魔法使いであることで嫌われたりはしていないだろう。血筋のことは知らされていない可能性が高い。

しかしこの魔法の力を知られたら？　それともなにもないがらんどうな自分の内面に呆れられたら？　あの柔らかな瞳に怯えや嫌悪が混じることを考えるだけで、アンデリックは耐えられない思いがした。

お互いに傷つかないうちに、ここから逃がしてやるのが一番いい。

ベルタの咎めるような視線を気にしない振りをして、今は背中を向けて作業しているエステルを見つめる。

最初に着てきた質素なドレスよりもずっと似合っているお仕着せ姿に、本当に令嬢育ちなのかと問いただしたい気持ちになった。

不意にこちらを振り向いたエステルと目が合う。

一瞬、驚いたように目を丸くしたエステルがアンデリックの存在を認め、優しい微笑を浮かべた。

「っ……！」

アンデリックは勢いよく立ち上がると、その場から逃げ出すように早足で歩きながら、手のひらで顔を覆う。自室に飛び込むように戻り、頭を抱えその場に座り込んだ。

（なんだ、あれは）

あんな優しさに満ちた笑顔を、これまで他人から向けられたことは一度たりともなかった。

この胸の高鳴りはいったいなんだというのか。

アンデリックはどうしようもない息苦しさに襲われ、胸を押さえたのだった。

＊＊＊

ある夜、夕食の時刻に合わせ食堂に現れたアンデリックにエステルは大変驚いたが、なるべく平静を保ち、微笑んで彼を迎えた。

どこかぎこちない返事をしながら正面の席に座ったアンデリックは、エステルを見ようとはしない。しかしその態度が最初の頃よりもずいぶん柔らかくなっていると感じ、少しだけ安心する。

特に会話のない食事だったが、誰かと一緒にいるというだけで温かな気持ちになれた。

「……なにか足りないものはないか」

食事を終え、ベルタの淹れてくれた紅茶を味わっていると、唐突にアンデリックが口を開いた。自分に言われているとは思わず、エステルが何度か瞬きをすると、アンデリックが少しだけ気まずそうな顔をする。

「もうすぐ、行商人がやってくる。月に一度だけだが、もしなにか必要なものがあれば買うといい。注文しておけば次の機会に届けてくれるはずだ」

気遣われているのだと気がつき、エステルは頬を染める。

「あ、りがとう、ございます」

たどたどしい返事ではあったが、アンデリックはどこか満足げだ。

「ベルタも彼女が来てなにかと物入りだろう。遠慮せずに必要なものはしっかり買っておくように」

「かしこまりました。しかしご主人様がそのようなお気遣いをなさるとは驚きです。いつもまかせきりなのに」

「……俺が気を遣っては悪いのか」

「いいえ。良いことだと思いますよ。奥様、ご主人様もこうおっしゃっております。遠慮などなさらないでくださいね」

ベルタの言葉は力強く、エステルは戸惑いながら頷くことしかできなかった。

アンデリックの言葉通り、数日のうちに行商人が来た。慣れた様子で色々な商品を並べていき、これまた慣れた様子でベルタはどんどんと品物を買いつけていく。そしてあれこれと必要なものを伝え、行商人はそれを書きとめる。早回しのようなその光景に、エステルはいったいどこで口を挟むべきかわからず、おろおろとするばかりだった。

「お嬢さんは……？」

ベルタとのやり取りを終えた行商人が、ようやくエステルの存在に気がつき視線を向けてきた。

ここに若い娘がいるのが意外、という表情を隠す様子はない。ベルタとのやり取りからして、気の置けない関係なのだろう。

「奥様だよ」

「魔法使い様はとうとう結婚したのか！　それは驚きだ！　いやはや美しい奥方だな。俺は行商をしている、ガッツという者だ。たまにしか来ないが贔屓《ひいき》にしておくれよ」

ずいぶんとざっくばらんな言葉遣いだが、不思議と不快感はなかった。年齢はエステルよりも一回りほど上だろう。愛嬌のある笑顔に好感が持てる。

「なにか欲しいものがあるかい、奥様」

ベルタ以外から奥様と呼ばれるのが慣れず、エステルはわずかに頬を染める。それでも、おずおずといった様子で並べられた商品からいくつかの日用品を選んで購入した。

「紙、というか日記になるような冊子はないかしら。書きものをしたいのだけれど」

ガッツは小さな黄色い表紙の日記帳を取り出してきた。品のいい作りだ。

「今はこれしかないんだ。そうだ、結婚祝いにこれは奥様へのプレゼントだ。次に来るときは何種類かそろえて持ってこよう」

「いえそんな、お代はちゃんとお支払いしますから」

「いやいや。これから贔屓《ひいき》にしてもらうんだ。遠慮なんてしないで」

押しつけられるように日記帳を渡され、エステルは困ったような泣きそうな気分になる。遠慮をするな、なんてずっと言われてこなかった言葉を、どう処理していいのかわからないのだ。

「奥様が困っているじゃない」

ベルタはエステルが困っていると思ったのだろう、ガッツをたしなめる。

「いいの、いいのですベルタ。ガッツさん、その、ありがとうございます」

「さん付けなんてやめてくれよ！　奥様は貴族だろう？　俺のような平民の商人に気を遣う必要はねぇよ」

「そうですよ奥様」

二人の明るい声に、エステルはなぜだか救われた気分になりながら、微笑みを返した。

日記帳には、日々の暮らしを書きとめることにした。

昔は実家でも書いていたのだが、姉であるラシェルに奪われ、中身を読みあげられた挙句に汚され捨てられてしまって以来やめていた習慣だ。その日のうちに起こったことや経験したことを綴るという作業は気持ちが落ち着く。

相変わらずアンデリックがエステルの部屋を訪れることはなかった。エステルも、夫婦の寝室の扉にはあの日以来触れていない。鍵のかかったあの感触を味わうのが怖いからだ。

「どうしたらいいのでしょう」

子どもを産まなければ自分がここにいる意味はないとエステルは知っている。元よりそのための結婚だ。

アンデリックの態度は最初の頃よりずっと柔らかくなってきたと感じる。しかし、それはエステルが彼になにもしないからなのかもしれない。

いずれ出ていく存在だと思い、一時的な客人だと思っているからこそ、紳士的な態度を演じてくれているのだろうとエステルは考えた。

もし、ふしだらにも子どもが欲しいと伝えたら、きっと嫌悪の視線を向けられてしまう。あの美しいサファイアの瞳が自分を冷たく睨むのを想像するだけで、エステルの心は凍りつきそうなまでに震えた。

「っ……」

父母や姉など、身内から向けられる憎しみのこもった視線を思い出す。

エステルを一人の人間として認めず、そこに存在するのが許せないという怒りのこもった視線。

そんな視線をあの美しいアンデリックから向けられたら、きっと自分の心は死んでしまうだろう。

「でも」

それすらもエステルは、自分に与えられた罰なのだろうと思っていた。

これはあの子への贖罪《しょくざい》だ。自分が幸せになるための結婚などではない。

たとえあの美しい人に憎まれたとしても、子どもを作らなければ。

それしか道はないと自らを追い詰めながら、エステルは肩を震わせた。

＊＊＊

「調子はいかがかな、エステル殿」

「大変良くしていただいています」

エステルがアンデリックのもとに輿入《こしい》れして二ヶ月ほどが過ぎたある日、パブロが予告もなしにやってきた。

ベルタは慣れた態度でパブロを客間に通し、エステルは急いでドレスに着替えて彼をもてなした。

当然のようにアンデリックは部屋にこもって、出てくる気配はない。

「そうか。正直二ヶ月も彼と一緒に暮らせているだけでも驚いた。早ければ一ヶ月ほどで逃げ帰ってくると思っていたのだがな」

どこか嘲るような笑みを向けられ、エステルはどうしていいかわからない。

国命だと脅すように結ばされた婚姻だというのに、パブロはエステルが耐えられず逃げ出すと考えていたのだ。

「さすがは姉の婚約者を狙うような豪胆さを持った娘だ」

エステルの白い頬がさらに色をなくし、青ざめる。

忘れていた嫌な記憶がよみがえり、血の気が引いた。

パブロはやはりそのことも知っていて、エステルをアンデリックの妻に据えたのだろう。

エステルは無実を訴えるべきかと思ったが、パブロにそれをしたところでなににもならない、とすぐに愚かな考えを掻き消す。

「その様子ではいまだに閨《ねや》を共にしているわけではなさそうだ。彼は意外にも高潔で純情な男だからな。私が差し向けた娘にそう簡単になびくとは思っていなかったよ。しかし二ヶ月もの間、追い出されなかったということは脈がないわけではなさそうだ。ふむ」

パブロは妙に上機嫌で、一人で勝手に喋り続けている。

表情も言葉遣いも穏やかなのに、どこか薄ら寒いパブロの雰囲気はエステルを怯えさせ、相槌すら奪う。

「エステル殿、これを」

パブロが懐から出したのは、小さな小瓶。

薄紅色のガラスの中に液体が満たされている。

「強い媚薬だ。これをアンデリックに飲ませるといい」

「そんなっ」

「魔力持ちに薬は効きにくいが、これはその分強力に作られている。寝る前に酒にでも誘って飲ませばいい」

エステルはパブロの言葉が信じられず、ただじっとその小瓶を見つめた。

いくら子どもが欲しいからといって許される行為なのだろうか、と。

アンデリックの意思など無視している。

「それは、旦那様にあまりに失礼では」

「エステル殿。言ったはずだ、これは国命だと。我々が生きていくために魔力を持つ存在は必要不可欠。アンデリックとて永遠に生きるわけではない。次世代の者たちのためにも強い魔力を持つ血統は必要なのだ」

「……」

パブロの言葉を否定する術はエステルにはない。確かにそれも真理のひとつであろう。

しかしアンデリックは生きた人間だ。魔力を生み出す装置などではない。

こんな気持ちや人生を踏みにじる行為が許されていいのだろうか。

エステルは自分が踏みつけにされることは許せても、それは許されるべきことではないと憤りを感じていた。

「間違っても君が飲んではいけない。強い薬だ。ただの人間が飲めば毒も同然だろう」

エステルが断るなどとは思っていないのだろう。パブロは押しつけるように小瓶をエステルに渡すと、もう用はないとばかりに席を立った。アンデリックに会う気はないらしい。

「そうだ。彼に伝えてくれ。来月はいつもの仕事があるゆえ、必ず登城《とじょう》するように、と」

そう言い残し、パブロはやってきたときと同じように唐突に帰っていく。

エステルは渡された小瓶を強く握りしめ、立ち尽くしていた。


「あの男が来たそうだな」

いつからか一緒に夕食をとるようになっていたアンデリックがとても嫌そうに口にした言葉に、エステルは身をすくませた。

「パブロ様ですね。ええ、来月には必ず登城《とじょう》されるように、とおっしゃっていました」

「ご苦労なことだ。釘を刺しになど来なくても、俺は逃げたりしないのに」

吐き捨てるようなアンデリックの声音《こわね》からパブロとの関係が良好ではないことが察せられ、エステルは余計なことを言ってしまったと後悔した。

「他にはなにか言われたか」

頭をかすめるのはあの小瓶だ。正直に話してしまおうかとエステルは考えるが、どう伝えるべきかもわからない。

黙り続けていると、アンデリックは呆れたようなため息をひとつ零す。

そのため息は、父母が自分を責めるときに吐き出すものとよく似ていて、エステルは体を固くした。

「聞いているのか」

「はい、あの、その……」

「なんだ。言いたいことがあるのならば、はっきりと言え」

エステルの態度にアンデリックは苛立ったように冷たい声音《こわね》で問い詰める。エステルはますます言葉が紡げなくなり、とうとううつむいてしまった。

「……まあいい、もしなにかされたのなら言ってくれ。抗議しておこう」

自分を案じているかのようなアンデリックの言葉に、エステルは顔を上げる。アンデリックはすでにエステルを見ていない。彼の言葉をどう受け止めていいのかわからずに、エステルはただじっとその美しい顔を見つめていた。

夕食の時間も終わり、自室に戻ったエステルは小瓶を見つめ、深いため息を零した。

「どうすればいいの」

それは何度目かになる自分への問いかけだ。

エステルとアンデリックは、書類上では夫婦であっても他人同然だ。この二ヶ月、交わす言葉は少なく、共に過ごす時間は庭に出ている間と夕食時だけ。距離を詰めようにもアンデリックは必要なときしか部屋から出ない。

けれども最初の頃よりずっとアンデリックを近くに感じていた。

最初は冷たく突き放されたものの、あれ以降、辛辣な言葉を浴びせられたことはない。むしろ、エステルのことを気遣うような発言も増えてきた。

彼なりに自分の存在を認めてくれているのかもしれないと考えると、エステルはつい微笑みたくなるほどのうれしさを感じてしまう。

ベルタと家のことをするのも慣れた。

実家での日々とは違い、ベルタはエステルのことを一人の人間として扱い、尊重してくれる。役割があることの喜びを噛み締め、エステルは今の暮らしがとても幸せであることに気づきつつあった。

しかし、だからこそエステルは苦しかった。自分が幸せなど味わってよいのか。罪を償うためのこの結婚で、平穏を、安寧《あんねい》を手に入れてよいのか、と。

アンデリックの言葉が本当ならば、いずれ自分はこの屋敷を出ていくことになるのだろう。

家に戻ることも許されず、ただひたすらにあの子への罪悪感だけを抱え、生きた屍《しかばね》となるしかない。

そして、ここで過ごした優しい記憶を舐めるように生きていくのだろうか。

その考えの恐ろしさと浅ましさに小さく唇を噛んだエステルは、小瓶を握りしめ、立ち上がる。

夜に自室を出たことがほとんどないため、薄暗い廊下は不安を助長させた。

手にした燭台の灯りを頼りにアンデリックの部屋へ向かい、おそるおそる扉を叩く。

「……誰だ」

その短い返事を受け、自ら扉を叩いたというのに、エステルは体をこわばらせる。

今からでも逃げるべきかと迷っている間に、扉が薄く開いた。

「…………なんの用事だ」

アンデリックは扉の前に立つエステルの存在に一瞬目を見張ると、怪訝そうな声をかけてくる。

当然だろう。すでに床についていてもおかしくない頃だ。たとえ夫婦とはいえ、女が男の部屋を訪ねるには非常識な時間と言えよう。

「あの、どうしても聞いていただきたいお話があります」

「なんだ」

「お部屋に、お部屋に入れてはいただけませんか?」

アンデリックは美しい顔を思い切りしかめる。その表情から受け取れる拒絶の態度に、エステルの心は凍りつきそうだった。けれど、ここで挫けるわけにはいかないと必死に頼み込む。

エステルの懇願に折れるように、アンデリックは大きなため息をついてから、ようやく扉を大きく開け、エステルを部屋の中へ招き入れたのだった。

アンデリックの部屋はエステルの部屋よりもずいぶん広いが、所狭しと積まれた書物や書きかけの書類が散らかっており、雑多な印象は否めない。

机の上には空になったカップがいくつも置きっぱなしになっている。エステルはベルタが「ご主人様はお部屋の掃除をさせてくれない」とぼやいていたのを思い出した。

「手短に頼む」

落ち着かない様子のアンデリックを前に、覚悟が揺らぐのを感じる。しかしここで引くわけにはいかないと、エステルは手の中にある小瓶を握りしめた。

「旦那様は私がお嫌いですか? 欲情しませんか?」

「なっ!!」

あからさまに驚いたアンデリックが、のけぞるように身を引いた。

「なにを言っているんだ君は」

よろめいたアンデリックは机にもたれかかるようにしてエステルから距離を取る。エステルはそんなアンデリックにわずかに詰め寄った。

「私は旦那様と結婚し、子を、子を成すようにと言われました。それが私にできる唯一のことだと」

エステルはアンデリックの様子を見る余裕すらなく、握りしめた両手を震わせながら、必死に言葉を紡ぐ。

「お願いします。私を、私を抱いてください、どうか」

「出ていけ」

「っ」

冷え冷えとした声にエステルの言葉も凍る。震える視線をアンデリックに向ければ、これまで見たこともないような冷たい視線がエステルをとらえていた。

憎悪が込められていると言っていい。これまでの日々で築き上げてきたものが、音を立てて崩れていくのを感じ、エステルは自らの失策を悟った。

「ご、ごめんなさい」

「出ていけ。君はこれまでの女たちとは違うと思っていたが勘違いだったようだ。今すぐこの屋敷から出ていけ」

「お許しください、旦那様、どうか、どうかっ!!」

「うるさい!!　お前の夫になったつもりはない!!　いいから出ていけ!!」

気迫に追い立てられ部屋から出されそうになり、エステルはもがいた。今ここで追い出されれば本当に次はないだろう。必死にアンデリックに食い下がる。

「お願いします。どうか、私にお情けを……」

「黙れ!!」

「っ」

腹の底から叫ばれ、エステルは言葉を失う。

アンデリックは汚いものでも見るようにエステルを睨みつけたままだ。

(ああ、やはりここにも私の居場所はない)

足下が崩れ去っていくような感覚と、諦めと、既視感。

エステルは握りしめていた手のひらを開き、アンデリックにそれを見せた。

「なんだそれは」

「パブロ様が、アンデリック様に使え、と」

「……媚薬の類か。相変わらず悪趣味な男だ。そしてお前はあの男に唆《そそのか》されて俺にそれを使おうと？　さもしい女だな」

軽蔑の色を隠さないアンデリックの瞳と声は、エステルの心を切り裂いた。真実を話したところで彼には届かない。自分の言葉など誰も信じないのだと、エステルは諦めにも似た気持ちで薄く微笑む。

「これはとても強い薬なのだとおっしゃっていました」

「俺に使うつもりなのだからそうだろうな。そんなものを使ってまで子を欲するとは」

それはパブロに向けられたものなのか自分に向けられたものなのか、エステルには計り知れなかったが、吐き捨てるその言葉に含まれる侮蔑の色に、アンデリックの気持ちが冷え切っていることは痛いほどに伝わってきた。

（もう、どうあがいても元には戻れない。ならばいっそ）

エステルは小瓶を握りしめると、その蓋をそっと開けた。

「なにをっ……！」

アンデリックが慌てて止める間もなく、エステルは無言のままに小瓶を自らの口につけると、すべてを一気に呷《あお》り飲んだ。小瓶が音を立てて、床に転がり落ちる。

エステルの喉を焼けつくような熱い液体が流れ、胃腑に落ちた薬がそこから体を浸食していくのがわかる。

「っ……」

よろめきながらエステルはそのまま床に座り込んだ。

アンデリックはどうしていいのかわからない様子でエステルを見下ろしたままだ。

「なにを考えている!!」

怒りと動揺のこもった声がエステルに降りかかるが、エステルは効きはじめた薬のせいでもはや言葉を発することも難しい。

潤《うる》んだ瞳をアンデリックへ向け、息苦しさと体を蝕む熱に呼吸を荒くする。

「どう、か、おなさけ、を」

もうろうとしながらも、アンデリックに懇願の声を上げたのを最後に、エステルは自分の意識が熱に沈んでいくのを感じた。

＊＊＊

「お前は最悪の馬鹿者だっ!!」

倒れ込むエステルを見下ろし悪態をついたアンデリックは、床に落ちていた小瓶を拾い上げ、残された滴を舐める。

舌を刺激するその味に一瞬だけ思考が揺らめくが、魔力によりすぐ無効化される。

（こんな強い薬を使うとは、よほど本気と見える。俺ならば耐えられても、ただの人間であるこの娘にこれは……）

目の前で苦しむエステルの体は、哀れなほど震えている。桃色に染まった肌は汗ばんでおり、薬の効果か、甘い匂いが体から立ち込めはじめていた。

パブロの言葉通り、この薬の効果は常人には強すぎるものだ。

アンデリックならばほんの数分で無に帰《き》す媚薬であっても、エステルの体では短くとも一晩は苦しむことになるだろう。

それも、その間エステルの精神が持てばの話だ。このまま放置すれば、快楽への欲求が満たされないことが思考を焦がし、最悪の場合は死に至る。

「なぜだ」

「んぅ……あ」

アンデリックの問いかけに、エステルはもはや言葉を紡ぐことはできず、切なげな吐息を零すのみだ。

その甘い音色が、すでに無効化されたとはいえ薬により敏感になっていた彼の本能を刺激する。

「死にたいのか……？　それとも本気でこの俺の子どもが欲しいと？」

床に横たわり身悶えるエステルの体に、アンデリックは腕を伸ばしかけるが、触れる寸前で手を止める。

もし己の魔力が暴走すれば、エステルの心だけではなく、体まで傷つけてしまうだろう。

しかし、このまま放置しておくこともエステルにとっては死を意味する。

「お前は馬鹿だ」

そして俺も、と口にせぬまま、アンデリックはエステルの肩にそっと己の手を置く。

恐れていた魔力の暴発はなく、氷は発現しなかった。

それどころか、なにに触れても冷たさしか感じなかったアンデリックの手のひらに、エステルの体温が伝わってくる。

驚きで一度は手を放したアンデリックだったが、もう一度おそるおそる触れても、やはりエステルの体は温かかった。

意を決し、その細い体を抱き上げる。あまりの軽さと柔らかさに息を呑む。

無理に力を入れたら壊れてしまいそうなその体を、いたわるように優しく自分のベッドに下ろした。

ぐったりとシーツに沈むエステルは、大きな人形のようにも見える。

汗ばんだ額を拭うように前髪を掻き上げてやれば、その刺激にさえ彼女は甘い声を上げた。

生理的な涙で頬を濡らしながら全身を赤く染め身悶える姿は、雄《おす》の本能を刺激する。

薬の影響のせいか、汗の匂いも酷く甘い。

エステルの体温を手のひらに感じて思わず唾を呑み込むと、アンデリックは彼女の涙を指先で拭い取った。

「なぜだ」

返事はない。すでに虚ろな瞳はアンデリックを正確にとらえてはいないだろう。

熱い吐息を零し続ける唇は薄く開き、その奥の舌が甘えるように震えている。

アンデリックは数秒ためらった後、その唇に己の唇を重ねた。

（この女は、いったいなにを考えている？）

アンデリックはエステルの甘い唇を味わいながら、先ほどのエステルの行動を思い返していた。

これまでずっと自分から話しかけてくるようなことはなかったのに、突然思いつめた顔をして部屋を訪ねてきたときは何事かと思った。

とうとう「もう出ていく」と言い出すのかと一瞬慌てたが、エステルが発した言葉によりアンデリックの気持ちは地に落ちた。

「お願いします。私を、私を抱いてください、どうか」

ああ、結局この女もこれまでの女たちと同じなのだと、これまで積みあがっていた彼女への気持ちが砕けて消えた気がした。

不思議な女だった。自分への嫌悪感など欠片も見せず、ただ穏やかにこの屋敷で共に暮らした。

関わりは薄かったが、他人とここまで共に過ごして不快感のひとつすら覚えなかったのは初めてだった。

自分の生活さえ脅かさないのならば、このままずっと一緒に暮らしても構わないとすら思っていたのに。

良い方向に傾きかけていた心は、失望により憎しみに転じる。出ていけ、と詰め寄れば、エステルは悲しみをこらえきれないというような表情をして、アンデリックをさらに苛立たせる。

なぜ今になってそんなことを口にする。もっと早く迫ってくれれば期待などせずに済んだのに。

やはり追い出すべきだったとアンデリックが心までも凍らせかける直前、エステルは自ら媚薬を飲み干した。

ありえない行動にアンデリックは動揺した。そうまでして自分に抱かれたいのかと。

これは媚薬からエステルを救う行為なのだと自分に言い聞かせながら、アンデリックはその柔らかな唇を貪った。

「んんっ、あっ」

深く重なった唇から水音が漏れる。舌を絡め、口の中を舐め合う。

アンデリックにとってもエステルにとっても初めての行為であるがゆえに、お互いの動きはどこまでも拙《つたな》い。エステルは薬に溺れているせいで余計にだ。

もつれる舌先をお互い弾くように舐め合うと、エステルの喉の奥から甘えた鳴き声が溢れる。アンデリックは、己の腰が痛いほどに疼くのを感じていた。

エステルの汗ばんだ体にまとわりつく薄い服を剥ぎ取る。現れた肌は赤く上気し、滲む汗で光っており、アンデリックは息を呑みながらそこに手を這わせる。

「っ……」

「ああっ！」

鎖骨のあたりに触れただけだというのに、エステルの声は甘い。

手のひらに吸いつくようになめらかな肌は熱く、アンデリックは初めて自分の意思で触れる女の肌の柔らかさに戸惑っていた。

手のひらから伝わってくる痺れるような衝撃に、ずっと触れていたいという欲望がこみあげる。

柔らかな丘になっている胸を掴み、壊れものを扱うかのように揉む。先端の色づいた部分に触れれば、エステルはそれに合わせて楽器のように鳴き声を上げた。

それらすべてがアンデリックの五感を刺激した。

アンデリックは、自らにかけられた氷の呪いなど忘れたかのように、彼女のすべてに触れるように手を動かす。

「あん、あっ、あっ」

アンデリックの動きに翻弄されるエステルの体は、哀れなほどに震えている。薬のせいで意識すらもうろうとしているのだろう。

虚ろな瞳はアンデリックを映してはいるものの、果たして彼を見ているのか定かではない。それが許せないとでも言うようにアンデリックは乱暴にエステルに口づけた。

「ん、んん――!!」

口移しで一気に魔力を流し込めば、虚ろだった瞳にわずかに光が宿った。

アンデリックの魔力で薬の効果がいくらか中和されたようで、先ほどまではなかった羞恥の色がエステルの頬に差す。自身の様子や自分を組み敷くアンデリックの姿に、なにが行われようとしているのか察知したのだろう。

エステルは一瞬だけ迷うように瞳をさまよわせた後、細い腕をアンデリックへ伸ばした。

「アンデリック、様、どうか」

「お前っ！」

毒と言っても過言ではない薬の効果に苦しみながらも、乞うように名前を呼ぶエステルに、アンデリックは短く唸った。

すでにアンデリックの下半身も痛いほどに硬くたぎっている。今さらやめるなど不可能だ。

エステルの腕を掴み、華奢《きゃしゃ》な体を引き寄せる。

「……そんなに欲しいのならばくれてやる」

絞り出すようなその言葉に、エステルが安心したように微笑むのが見えて、アンデリックはなぜか胸が苦しくてたまらなくなった。

触れれば触れるだけ甘く喘ぐエステルの姿は、アンデリックを刺激し続ける。

胸や胸の先端を余すことなく舐めまわし、細い腰を撫で、肉づきの薄い脚を掴んで押し広げる。

薬は中和したものの、すでに回った催淫の効果は消えていない。力の抜けきった体はアンデリックの思うがままだ。

下着に手をかけて剥ぎ取ると、それはすでに意味を成さぬほどに濡れていた。まだ硬く閉じているはずの秘所からは、はしたない滴りが溢れている。

「ひ、あああっあんっ」

そこをためらいもなく押し広げるアンデリックの指の動きに、エステルは腰を浮かせる。

ねだるように揺れる腰に、アンデリックは視界だけではなく思考や本能が刺激されていくのを感じた。敏感な突起を指先で潰すように刺激すれば、エステルは甲高い悲鳴を上げて体を痙攣《けいれん》させる。

それが女の絶頂であることに気がついて、アンデリックはもう一度とばかりに夢中になってそこを攻める。

「ひ、あああっ、だめ、だめです、そこばかりっ」

「ではどこがいい？　ここに入れてほしいのだろう？」

「あああ、そんな、いやぁぁぁ」

すっかりと濡れ、ゆるみきった蜜口にアンデリックの指が入り込んでいく。

抵抗らしい抵抗もなく、すんなりと指を呑み込んだ内側は柔らかく、彼の指を歓迎するかのように優しく締め上げた。

「ん、んっんんっ」

指を抜き差しする度に、エステルの体が小さく跳ねまわる。指の数はすぐに増やされ、抽挿《ちゅうそう》の動きは激しさを増すばかりだ。

温かく指を締めつけてくるぬかるんだ内壁に、アンデリックは早く自分の熱を収めたくてたまらなくなった。

「ひ、ひいぃぃぃんっ」

「ここがいいのか？　物欲しそうに締めつけているぞ」

「だめ、あああ、ゆるしてぇ」

「抱いてほしかったのだろう？　ほら、まだ本番はこれからだ……」

どこか上ずったアンデリックの声に、エステルは夢でも見ているかのような惚けた視線を向けた。

（ああ、アンデリック様……）

エステルがあの薬を飲んだのは、アンデリックに抱いてもらえる可能性が万にひとつでもあれば良いと思ったからだ。

薬を盛るという行為は、どうしてもエステルには選択できなかった。ならば自分が飲めばいい。哀れに思い、情けをかけてもらえるかもしれない。呆れられ、見捨てられたとしても、薬の効果で正気を失えるならば、もうなにも考えなくてもいい。

そう思っていたのに。

「入れるぞ」

「ひぃ……っ！」

散々いじくりまわされた蜜口に、指とは比べものにならないほどの熱くて硬いものが押し当てられた。

力を入れることも叶わない下半身は、はしたなく彼を受け入れはじめる。

体の内側から押し上げられ、引き裂かれるような痛みが全身を襲うが、薬の効果でそれはすぐさま快楽へすり替わる。

開き切った脚の間にアンデリックの皮膚が触れたのを感じた瞬間、糸が切れたような音が蜜口のあたりから聞こえ、エステルの内側で響いた。

それが破瓜《はか》の衝撃だと気づいたときには、アンデリックがゆっくりと腰を動かしはじめていた。

「あ、あっあっ」

それからはもうアンデリックの動きに翻弄されるがままだった。

耳を塞ぎたくなるほどのいかがわしい水音と荒い呼吸が、部屋の中に響き渡る。

初めて繋がった他人の熱は、どうしようもなくエステルを乱した。

どの角度から突き込まれても、脳髄を溶かすような甘い痺ればかりが体を支配して、自分の声とは思えないほどに甘ったるい悲鳴が零れた。

アンデリックも初めて味わう女体の柔らかさに、熱さに、心地良さに、我を忘れて腰を振る。細く柔らかな体はどこに触れても良い声を上げるし、快楽に溺れて蕩けた顔は、アンデリックの雄《おす》を興奮させる。

己から滴り落ちた汗がエステルの体に落ちていく様さえ、彼女を自分で染めていくようで心が満たされるのを感じた。

「ん、んんぅうう」

「クッ!!」

根元まで強く挿入し、体ごと揺さぶってやれば、唇を噛み締めてエステルが達する。

食いちぎられそうなほどの締めつけに、アンデリックも短く呻《うめ》いて、そのまま彼女の奥に精を放った。

「ああ、あ、あああっ」

最後の一滴まで奥に留まるように何度か腰を揺らし、アンデリックはゆっくりと己を引き抜く。

まだひくひくと痙攣《けいれん》を続ける蜜穴から、吐き出されたばかりの精液に混じり、赤い血が流れ出た。

「お前……」

アンデリックの瞳が大きく見開かれた。

胸を上下させ、浅く荒い呼吸を繰り返すエステルはすでに意識を失いかけていた。涙で濡れた瞳はほとんど閉じている。

「なぜ、言わなかった」

アンデリックの問いかけが聞こえたのか、ごめんなさい、と掠れた言葉を最後に、エステルの呼吸は規則的なものになり、体はぐったりとベッドに沈んでいった。

＊＊＊

翌朝、目を覚ましたエステルはそこがアンデリックの部屋であることに酷く動揺した。

熱に浮かされておぼろげなものではあったが、確かにアンデリックと体を繋いだ記憶がある。

その証拠に、下半身には違和感と甘い痺れ。だが痛みはなく、薬の影響はもう残っていないのか、頭はやけにすっきりとしていて妙にちぐはぐだ。

ずり落ちたシーツからあらわになった自分の体には、鮮やかなうっ血がいくつも残っていた。それが昨夜の行為がもたらした結果だと理解し、エステルは頬を染め、同時に自分に絶望していた。なんと浅ましい女なのかと。

自ら選んだ行いだったとはいえ、あまりに短絡的で、無礼で、恥ずべき行為だ。

アンデリックは情けで抱いてくれたに違いない。

「こども……」

己の薄い腹に手のひらを当てる。あの行為が実を結ぶのかなどわからなかったが、実を結んでくれればいいと思う。自分になど欠片も似ず、あの美しくも優しい人に似た子ならば、きっと子どもだけは愛してもらえる。

部屋にアンデリックの姿はない。外はすでに明るいが、まだ明け方なのだろう。肌を撫でる空気は冷たい。

重い体を引きずるようにベッドから這い出し、昨夜脱がされた服を身にまとう。

汚してしまったシーツを剥ごうとしたところで、そこに赤い印を見つけ、エステルはまた羞恥に顔を赤くした。新しいシーツをかけ、ベッドを整える。そのまま立ち去ろうかと思ったが、どうしても気になっていた机の上のカップを手に持てる限り回収し、静かに部屋を出た。

「おはようございます」

あれから自室へ戻り、着替えを済ませたエステルは台所へ向かい、いつものように先に朝食の準備をしていたベルタに挨拶をした。そして、アンデリックの部屋から回収してきたカップを洗いはじめる。

「まあ！　ご主人様の部屋に入れたのかい!!」

ベルタはとても驚いた様子だ。

それもそのはず、アンデリックはたとえ気を許しているベルタであっても部屋に入ることを許さない。部屋を出る際は必ず鍵をかけ、掃除すらもさせないのだ。

「え、ええ」

歯切れの悪いエステルの返事に、ベルタは少しだけ神妙な顔になる。

「奥様。私は長くご主人様にお仕えしていますが、お部屋に入ることを許されたのは、あなたが初めてのお方です。きっと、きっとうまくいきますよ」

優しい言葉には、エステルとアンデリックの距離が縮まったことを喜ぶ色が滲んでいた。

主人を案じる誠実な使用人の言葉に、エステルは胸の痛みを感じる。

違うのだと叫びたかった。自分はアンデリックの優しさに付け込み、無理に情けを得た。ただそれだけだ。

ベルタの言葉になにも返せないまま、エステルは無言でカップを洗い続けた。

「おはよう」

食堂に戻ると、なぜかアンデリックが当然のような顔をしてそこに座っていた。

いつも朝食時には顔を出さず、昼過ぎまで部屋から出てこない人なのに。

エステルはトレイに載せていた朝食用のプレートを取り落としそうになったが、なんとか持ちこたえた。

「おはようございます」

変な声にはなっていないだろうかと思いながら挨拶を返せば、台所から顔を出したベルタがまあ！　と声を上げた。

「今日は朝食をとられるのですか？　今すぐご用意いたします」

「ああ、頼む」

「奥様も、あとはわたくしが用意しますので、お座りになってください」

ベルタは機敏な動きでアンデリックの朝食の準備をはじめる。エステルはどうしてよいか迷いながらも、いつものようにアンデリックの正面の席に座った。

これまでの食事時もなにか会話があったわけではない。しかし昨夜のことがあるだけに、エステルはアンデリックの顔を正面から見ることができず、うつむいたままに味のしない朝食を必死で咀嚼《そしゃく》した。

「体の調子はどうだ」

妙に静かな声に、エステルは息を呑んだ。

おそるおそる顔を上げれば、アンデリックはサファイアの瞳を静かにエステルに向けていた。いつものように表情は乏しい。

そこから滲み出るなにかは明らかに昨日までとは違って見えて、エステルはなぜか恥ずかしいと感じ、目を伏せる。

その後もやはり会話らしい会話はなく、食事を終えたアンデリックは静かに席を立ち、食堂を出ていった。

エステルもいつもならば食事の後はベルタの手伝いをして過ごすのだが、今日はどうしても体が言うことを聞かない気がして、休ませてほしいとベルタに伝え、自室に戻った。

逃げ込むように戻った自室で、エステルはしゃがみこみ膝を抱えた。

今さらながらに、あのアンデリックに抱かれたのだという高揚感で、胸の奥が酷くむず痒い。

「アンデリック様」

口にした名前は、舌の上で溶けるような甘味をおびている気がした。

てっきり浅ましい女だと嘲りを受けると思っていたのに、アンデリックの声は優しく、エステルを邪険にもしなかった。むしろ昨日よりずっと態度が穏やかになったように感じた。

「私、どうすれば」

エステルはなにが起きているのかわからず、ただじっと膝を抱えてうずくまっていた。

コンコン。

扉を叩く音で、沈んでいた意識が浮き上がる。

一瞬、ここはどこだろう、早く行かなければ叱られる、とエステルは慌てるが、すぐに自分はもう実家を出た身であると思い出す。

いつの間にか寝てしまっていたらしく、ずいぶんと時間が経っていた。ベルタが心配して様子を見に来てくれたのかもしれないと扉に近寄ると、なぜか勝手に扉が開いた。

「アンデリック様……!!」

部屋の前に立ち、扉を開けたのはアンデリックだった。昨夜彼を訪ねたときも部屋の扉を開けてくれるとは思っていなかったが、今度はアンデリックから訪ねてくるなどとは夢にも思わなかった。動揺から、後ろに二歩ほど下がる。

「お前が姿を見せないから、ベルタが心配していたぞ」

「ああ、申し訳ありません。うっかり眠っていたようで……」

自覚はないが、昨夜の行為は体にずいぶんと負担をかけたのだろう。

アンデリックを真正面から見つめると、体の奥にほんのりと火がともるような錯覚さえあった。

「お手を煩《わずら》わせて、本当に……」

自分はなにをやっているのだと情けなくなり、エステルはうつむく。

泣いては駄目だ、泣き顔を見せてはいけないとエステルがなんとか気持ちを落ち着けようとしていると、不意にアンデリックの手が伸び、エステルの肩に触れた。

彼の体温にエステルは身を固くし、おそるおそる顔を上げる。

「まだ薬が抜けきっていないのか？　回復魔法はかけたが、まだ苦しいのなら今日は静かに休んでいなさい」

以前と変わらぬ、いや、以前よりもずっと優しい声音《こわね》でそう告げられ、エステルはどう答えていいかわからなくなる。

「怒ってはいないのですか」

「なにをだ」

「なにを、って」

昨晩の、と口にしようとしてエステルは頬を染める。

アンデリックはサファイアの瞳をわずかに細めると、部屋の中に入り、後ろ手で扉を閉めた。その音に、エステルは微かに身をこわばらせる。

「怒っているとすれば、あの薬について俺に報告しなかったことにだ。あんな強い薬を飲んで、俺が手を出さなければどうなると？」

「それは」

「あれは悪い薬だ。下手をすれば心が壊れていたぞ」

低い声にエステルが息を呑んだ。やはり怒っているのだ、と。

「顔を見せてみろ」

アンデリックの手が、エステルの頬に触れる。

少しだけひんやりとした大きな手に触れられた瞬間、エステルは昨晩の淫らな自分を鮮やかに思い出してしまい、頬を赤く染める。

「熱があるのか」

「いえ、ちがいます」

「瞳も潤《うる》んでいるぞ」

「ちがうのです、どうか、ゆるしてください」

「落ち着け。怒っているわけではない。薬の効果が抜けているか確認しているだけだ」

「でも……」

「少し話をする必要があるようだ」

アンデリックに手を引かれ、エステルは真っ赤な顔のまま、彼に逆らう間もなくソファに並んで腰掛けた。

「ひとまず体は大丈夫なのか確認させてくれ。昨日はずいぶん、無理をさせた」

「だ、大丈夫です。その、魔法のおかげか、だいじょう……ぶです」

「痛いところは？　出血はないのか」

「本当に、本当に大丈夫ですから」

体に関する質問を矢継ぎ早にされるだけでも限界なのに、それに答えさせられるなどどんな拷問だろうか。

エステルは息も絶え絶えだった。

アンデリックもエステルが今にも倒れそうなのを察したのか、少しだけ気まずそうに咳ばらいをし、一呼吸おいてから、今度は静かな声でゆっくりと言葉を紡いだ。

「なぜ、薬を飲んだ」

「っ」

「あれが強い薬だとお前も知っていたのだろう。事実苦しんだはずだ。なぜ俺に飲ませず、自分に使った」

「それ、は」

エステルの瞳に涙が滲む。

どこまで伝えればいいのだろうか。自分の過去、その罪、ここに来た理由、どうしても子どもが欲しかった、いや、贖罪《しょくざい》のための愚かな行為だと。

どんな言葉を紡いでも彼に対する侮辱でしかない気がして、エステルは言葉を呑み込み続けてしまう。

「あなたの、子どもが欲しかったの、です」

それがすべてではなかったが、エステルが求めるただひとつの願いでもあった。

子どもを産むためにここに来た。

子どもを産めば、失われた弟が少しでも救われるのではないかという身勝手な想い。

アンデリックの瞳が、まっすぐにエステルを見ている。

吸い込まれそうなその美しさに、自分の愚かさなどすべて見透かされているような気がしたが、目をそらすことはできなかった。

「わ、私はあなたの妻となり、あなたの子を産むためにここに来たのです。もう他に行き場などありません。だから、どうか」

私を抱いてください、と掻き消えそうな声で伝えながら、エステルは震える手を伸ばしアンデリックの腕に触れた。

触れられたことで体がこわばり、動けなくなっているアンデリックの胸に静かに顔をうずめ、その肩口に額を押しつける。抱き着く、というにはあまりに不器用なしぐさだった。

アンデリックは呆然と自分の腕の中に収まるエステルを見下ろしていたが、ゆっくりと背中に腕を回して、震える体を抱き締めた。細身ではあるが、男性らしくたくましい腕の感触に、エステルは胸が締めつけられる。

優しく抱き締められるという行為は、エステルにとっても久しく忘れていたものだった。

誰かの体温や鼓動というものはここまで心を落ち着かせるものなのか、とエステルは目を閉じながら全身でアンデリックを感じていた。

「……それは真実か？」

静かな問いに、エステルはアンデリックの胸に顔をうずめたまま静かに頷く。

「お前は、俺が怖くはないのか」

「……あなたは優しいお方です。私がここに来てからずっと気遣ってくださいました」

「なにもしなかっただけだ」

「いいえ、酷い言葉を投げかけ私を追い出すこともできたのに、そうしなかった。本当に感謝しています」

そう、エステルはアンデリックと結婚し、この屋敷に来て以来、この穏やかな日々に間違いなく安寧《あんねい》を感じていた。

弟への拭えぬ罪悪感を抱えながらも、どうかこの日々が続きますようにとずっと願っていたのだ。

「それなのに、私は、本当に卑怯です……あんなかたちで旦那様に情けをいただいて……」

今にも泣き出しそうに震えるエステルの声に、アンデリックはわずかに息を呑んだ。

＊＊＊

「なにがお前をそうさせるのだ」

なぜそこまで、とアンデリックは浮かび続ける疑問に眉根を寄せる。

自分を怖がらないだけではなく、本当に子どもを欲している。

しかも抱かれた身でありながら、今なお謝罪の言葉を繰り返す。その必死さはどこからくるのだろうか。

昨夜の交わりは、アンデリックにとって不本意なもので終わるはずだった。

薬を飲むという愚かな行いをしてまで自分を誘惑する汚い女だと、エステルを軽蔑することになるのだろうとばかり思っていたのに。

だが、今のアンデリックにあるのはエステルへの深い想いだ。

腕の中に収まる、柔らかく温かなエステルのすべてが、アンデリックの心を包むように温めてくれる。

ことの終わりに流れた赤い血に、アンデリックは激しく動揺した。

快楽に対して怯えの滲むエステルの様子から、そういう経験は乏しいものと感じてはいた。

だが、自分のような男と結婚させられるのだから、傷物だと思い込んでいた節もあった。

だからこそ行為に及んだのだとアンデリックは言い訳するが、あの赤い印はエステルが間違いなく乙女であった証拠だ。

初めてだと知っていれば、あんな乱暴な抱き方などしなかった。もっと優しく抱いてやりたかった。

そう考えてしまった自分にも酷く動揺したし、処女であったことを告げなかったエステルに身勝手な怒りさえ抱いた。

「なぜ、なぜだ」

濡れた頬に指先で触れながら、アンデリックは苦しげに呻《うめ》く。

「……私は旦那様の妻、ですから」

エステルが語る言葉が彼女の気持ちのすべてではないことくらい、アンデリックはわかっていた。なにかがある、と。

しかしこれまでの重ねた日々が、エステルは悪人でないと雄弁に語っている。彼女は、決して他人を欺《あざむ》けるような女ではない。

自分を恐れないのも、子どもが欲しいという気持ちも、すべて本心だと。

腕の中でか細く震える彼女に、いつわりなどない。

華奢《きゃしゃ》な体を抱く腕に力を込める。

凍らせないように、恐れられないように最低限の注意を払いながら、しっかりと抱き締めたエステルの体が、アンデリックに応えるように力を抜いたのが伝わってくる。

アンデリックは、自分の腕の中で安堵する柔らかく温かな生き物の存在に、体中が歓喜していることに気がついた。

「お前は、俺のなにを知っている」

「……なにも。ただ、魔力を持つ尊い方だと」

「そうか」

なにも知らないからこそ自分を恐れないのか、とアンデリックはわずかに目を細めた。

もし自分が母の命を奪って生まれた子であり、養父を氷漬けにしただけでは飽き足らず、魔力の暴走でお前すら凍らせる可能性がある、と告げたらどうするのか。王家の血を引く、棄てられた存在であると知ったらどんな顔をするのか。

試したい思いもあったが、アンデリックは口を閉ざすことを選んだ。

なぜそうしたのか。それは、彼女を手放したくないと思ってしまったからだった。

「ならばお前を妻として扱おう。俺の子が欲しいのだろう?」

エステルを抱き締めていた腕をほどき、その細い首筋を撫でる。

一瞬、びくりと震えたエステルの体はすぐさま熱を持ちはじめ、甘い体臭がアンデリックの鼻をくすぐる。

「あっ」

か細く助けを求めるようなエステルの声は、昨晩の痴態を彷彿とさせた。それは初めて女の体を覚えたアンデリックの情欲を刺激するには十分すぎるほどのものだった。

首筋を撫でていた手を這わせ、丁寧に編み込まれた髪をほどくように後頭部に挿し込む。

指先に絡まる柔らかな髪の感触にアンデリックは心地良さを覚え、髪を辿るようにしてその地肌に柔らかく爪を立てた。叶うならば、ずっと触れていたいと思うほどに温かい身体に、身体の奥がじわりと熱を持つ。

エステルはぴくり、と肩を震わせ、アンデリックを見上げる。

間近で向かい合った二人の視線が絡み、エステルは静かに目を閉じた。

祈りを捧げる聖女のようなそのしぐさに、アンデリックは眩しそうに瞬く。

それからエステルの薄い唇にゆっくりと己の唇を重ね、彼女の体に覆いかぶさったのだった。

第二章　かりそめの平穏

広い寝台の上、二人の男女が一糸まとわぬ姿で、もつれるように体を重ねていた。

「あ、っ、あ、だめですっ……んっぅ……」

胸の先を吸われているエステルは、甘く喘ぎながらアンデリックの肩に爪を立てる。

アンデリックの舌がエステルの胸を転がすように舐めまわし、硬い感触を楽しむように弾いてくる。もう片方の胸も、アンデリックの手により柔らかにかたちを変えられていた。ただ揉まれているだけなら耐えられたのに、思い出したように手のひらで全体を転がされると、先端が押し潰されて我慢できないほど切なくなる。

「ひっ、んんっ……だめ、それだめぇ……」

甘えた自分の声が恥ずかしくてたまらない。エステルは与えられ続ける快楽から逃げるように体をよじるが、アンデリックに腰を掴まれ阻まれる。

ふるふると揺れる白い胸を、アンデリックは愛しげに見つめながら、存分に味わい尽くしていた。

絶え間ない刺激に、エステルが許してと悲鳴交じりの声を上げれば、胸を吸っていた口を歪めアンデリックは小さく笑う。

「こんなに喜んでいるのにか」

「あ、ひっっ！　そこで喋ったら、ああ」

呼吸すら濡れた肌にはそれだけでも強い刺激で、エステルは真珠のような涙をぽろぽろと零した。

「胸が嫌なら、こっちを味わおうか」

「やっ、それはいけませっ、ああっ」

胸元からようやく離れたアンデリックの舌は、そのまま腹部を辿りながら滑るようにエステルの脚の間へ下りていく。

細い脚を両手で大きく開かせると、アンデリックは鼻先でエステルの恥丘を辿り、薄く濡れているあわいに舌先を押しつける。

「きゃううぅんっ！」

甲高い悲鳴と共に、伸びたエステルの手がアンデリックの頭に触れ、その長い角を撫でた。

一瞬だけアンデリックは動きを止めたが、エステルの手が甘えるように角の生え際を掻き毟《むし》る感触に口元をゆるませ、彼女を味わう行為への弾みにした。

あの日以来、アンデリックはこれまでの日々を埋めるようにエステルに触れ、彼女の体を求めた。

夫婦の寝室へ続く扉は、常に開け放たれている。

エステルが自室に入るや否や、待ちかねていたようにアンデリックはその腕を引いてベッドに誘う。

どのような経緯であれ、エステルは己の妻に間違いはない。抱くことになにも障害はないのだと言い訳のように己に言い聞かせ、アンデリックはどこまでもエステルに甘えていた。

アンデリックにとってエステルは、初めてそばにいても許せるとまで言える存在だった。

異形の角を恐れず、なんの打算もなく自分に笑いかける、柔らかく温かな存在。溺れない理由がどこにあるのだろうか。

儚さと憂いをおびた表情や視線に、思うところがないわけではないが、それは決して自分を厭《いと》うてのものではないことは、彼にも伝わっていた。

「エステル……エステル……」

母を求める子のように名前を呼びながら、アンデリックはエステルの柔肌に手と舌を這わせる。

どこに触れても柔らかくアンデリックを受け入れ、甘い声を上げる温かく甘い体は、彼の欲望をどこまでも高めた。

すでに硬く張りつめている己の雄《おす》をすべすべとした太ももに押しつけると、エステルの体が哀れなほどにこわばるのが伝わってくる。

だが、それは決して恐怖からくるものではないことはわかっていた。その証拠に、エステルの脚が控えめに動いて、アンデリックの雄《おす》を求めるように刺激してくる。ときには太ももでゆるく挟んで、ねだるようにしごいてくれることさえあった。

潤《うる》んだ瞳で自分を見つめるエステルの表情に、アンデリックは喉を鳴らしながら腰を抱き寄せた。

「アンデリック様ぁ……」

エステルもまた、自分のすべてを伝えているわけではない心苦しさや罪悪感で押し潰されそうになりながらも、アンデリックに溺れていた。

アンデリックに触れられ、快楽に喘いでいる間だけは、心までも裸になったような気持ちでいられた。

彼に必死に応えることで、この一瞬だけはなにもかもを忘れられる。

アンデリックの舌がエステルの割れ目を掻き分け、まだつつましさの残る蜜口をこじ開ける。舌の腹で押し潰すようにして舐められると、エステルは腰を浮かせながら甘く喘ぐしかできなくなってしまう。

溢れる蜜を舐められ吸い上げられ、ふくれた小さな突起を指先で転がされる。いつの間にか入り込んだ指が、エステルの内側を暴くように激しく動きまわった。

「だめ、だめぇ、それ、だめなのぉ……」

駄目と言いながらも、エステルの腰はアンデリックから与えられる刺激に甘えるように揺らめいていた。

「くそっ……お前はどうして……」

「あっ……ひっん」

顔を上げ、濡れた唇を乱暴に手の甲で拭ったアンデリックは、どこか性急な動きでエステルの膝裏を抱え上げ、大きくその脚を開かせた。

先端に蜜を滴らせ、硬く猛った己の熱棒を軽くしごき上げると、すっかり濡れそぼってひくつくエステルの蜜口に押し当てる。

「挿れるぞ」

「あっ、ああ」

ずん、と最奥まで一気に入り込んできたアンデリックの熱さと硬さに、エステルは背中を弓なりにそらせ、衝撃に喘ぐ。

最初はゆるやかに、しかしだんだんと激しさを増す揺さぶりに合わせ、エステルはあっあっ、と可愛らしい声を上げながら、与えられる快楽に溺れていく。

「エステル」

最中にアンデリックがエステルを呼ぶ声はどこまでも甘く、また、エステルがアンデリックを呼ぶ声は、子猫が母猫を呼ぶようなまろみをおびた響きがあった。

腰を回しながらゆったりと突き上げられると、溢れた蜜が結合部をはしたなく濡らす。

「あっ、あっ……アンデリック様っ……んっ、んんっ……はげしっ」

「こんなに締めつけて……俺が動く度に自分がどんな顔をしているかわかるか？」

「やっ、いわないでっ、んんんっ‼」

「蕩けた顔をして……ずいぶんと可愛らしく鳴くようになったな」

腰を深く押しつけるようにして最奥を抉《えぐ》られ、エステルは声にならない悲鳴を上げる。

アンデリックの雄《おす》を締めつけながら、細い脚を彼の腰に巻きつけ背中をそらせる。

「……ッ、く」

「ひ、あぁぁぅ……あついぃぃ」

アンデリックは動きを止め、切なげに顔をしかめる。美しい顔が少年のように歪む様に、エステルは体と心の奥が満たされていくのを感じていた。

胎の奥に感じる熱い飛沫の感触はどこまでも愛おしく、エステルは早くそれが実ればいいと願いながら目を閉じた。

＊＊＊

「……もう、朝……？」

毎朝、エステルが目覚めたときには、アンデリックは自室に戻っているのが常ではあった。

目覚めの孤独はいつもエステルにわずかな寂しさを感じさせるものだったが、体に残された情事の名残と、胎の中に残された残滓の余韻が、エステルの心のよりどころだった。汚れた身を清め、服を身に着け、自らシーツを交換する。さすがにベルタに頼める仕事ではないと、二人で決めた暗黙のルールだ。

その代わり、アンデリックはエステルに毎夜回復魔法をかけていってくれる。寝起きの体が痛まないのはありがたいが、そうしなければ動けないほどの激しさは、夫婦の営みとして正しいのかとエステルは首をひねってしまう。

『こうも激しくて、子どもはできるのかしら』

自分で考えておきながら恥ずかしさで頬を染め、その気持ちを誤魔化すように手早く交換したシーツを両手いっぱいに抱えて部屋の外に出た。

すると扉の前で待ち構えていたベルタがそれをひったくった。

「奥様にシーツの交換をさせるなんて酷いご主人様ですこと。洗っておきますから、どうか朝食を食べてくださいな」

「はい……」

毎朝のことながら、この瞬間だけはエステルは消え入りたくなるほどの恥ずかしさを感じていた。

まともにベルタの顔を見られないままに早足で食堂に向かい、用意されていた朝食を味わう。

一人もそもそと食事をとっていると、少し遅れてアンデリックが食堂に顔を出す。

昨夜あれほど一緒に過ごしていたというのに、朝食の場ではお互いわずかな気まずさが入り混じってしまう。

「今、飲み物をご用意いたしますね」

「ああ」

それでも以前よりはずっと自然に会話ができるようになっていた。

昼間、エステルがベルタと共に家事をこなし、合間に花の世話をしていると、アンデリックは必ずエステルの姿が見える場所で過ごしていた。

仕事を終え、わずかな時間ができれば向かい合うわけでも会話をするわけでもないのに同じ空間でお互いに本を読む。エステルが静かに日記を書く姿を、アンデリックが優しく見守るという時間すらあった。

ぎこちなくではあったが、お互いが共に過ごすことを認め合っているその空気に、ベルタは不遇な過去を背負った主人にようやく幸福が訪れはじめたのを感じ、どうかこのまま穏やかな日々が続くようにと願ってやまなかった。

エステルが掃除や空のカップを回収するためにアンデリックの部屋を訪れても、咎められることはもうない。

床に散らばる本も、彼に確認すれば本棚や書架に戻すことが許され、興味を持つような題材であれば好きに読んでいいとさえ言われた。

ベルタは大層喜び、アンデリックの部屋に長い間かけられていた埃《ほこり》っぽいカーテンをようやく交換できると、鼻息荒く新しいカーテンの仕立てに取り掛かっている。

とても穏やかな日々だった。

エステルは日記に花の成長や、アンデリックとの交流について書き綴っている。最初は戸惑いの混じる心境の吐露ばかりだったのに、今ではただの幸せの記録でしかない。日に日に増える空白ではないページは、エステルにとっての幸せの証のように思えた。


二人の関係が変わって、あっという間にひと月ほどが過ぎた。


「行ってくる」

「お気をつけて」

年に数回あるという、王城にアンデリックが出向かなければならない日。屋敷の前には早朝から、黒く塗られた豪華な馬車が待ち構えていた。

従者もおらず、仮面で顔を隠した御者が一人。

慣れた様子でその馬車に乗り込んだアンデリックは、どこか不安そうな顔をして彼を見送るエステルとベルタを見つめていたが、それ以上の言葉もなく馬車の扉を閉めた。

それを合図に、馬がゆっくりと走り出す。

去っていく馬車が見えなくなるまで門扉の前で立ち尽くしていたエステルは、ベルタに肩を抱かれて、ようやくのろのろと屋敷に戻ったのだった。

「大丈夫ですよ。二、三日すればすぐお戻りになります」

ベルタの励ますような言葉に、エステルは力なく微笑む。

結婚して初めて、彼がいない屋敷に残されたエステルは、この場所が急に広く寒々しいものに変わってしまったように感じていた。

アンデリックは帰ってくると言ってくれたが、本当は自分に嫌気がさして出ていってしまったのではないか、もう戻ってこないのではないか、という不安がエステルの胸に押し寄せてくるのだ。

毎夜のごとく情熱的に自分を抱いてくれるが、それは薬を呷《あお》った自分への憐れみなのではないか、という思いがエステルの中にはずっと燻《くすぶ》っていた。

その証拠に、名前を呼ばれこそすれ、行為の最中にそれ以上の言葉を彼から受け取ったことがない。甘くエステルの痴態を暴くようなことを口にして、エステルをなぶるばかりだった。

元より子どもを産むための妻だ。愛情など与えてもらえないことは最初からわかっていた。

だが、アンデリックの行為はそれだけとは思えないほどに甘く熱烈で、エステルはいったいどうすればいいのかわからず、混乱していた。

「人というのは、どこまでも強欲で浅ましいものね」

体が満たされてしまえば、心も満たされたがってしまう。

彼の優しい瞳や甘い声が、自分を愛してくれているかのように錯覚を起こさせるのがいけない。

その柔らかさに引きずられ、エステルは自分の心がどんどんアンデリックに惹かれていくのがわかった。

あの角に、初めて触れるのを許された夜のことが忘れられない。

枕に沈み込むほどの激しい口づけに応える代わりに、彼の耳を撫でていた手がうっかりその角に触れてしまったのだ。つるりとした上質な陶器のようなその質感は極上の触り心地で、エステルは口づけの熱さとその感触のふたつに溺れるように、アンデリックの角を撫でまわした。

唇が離れてなお、名残惜しげに角を撫でているエステルの手にアンデリックは瞠目《どうもく》した。

エステルはしまったと慌てて手を引いたが、彼は「やめないでいい。好きにすればいい」と言ってくれた。

だからエステルは情事の最中、機会さえあれば角に触れ、その根元を優しく撫でるようにしていた。その瞬間、アンデリックの瞳が優しくゆるむのを知っていたから。

「アンデリック様」

名前を口にするだけで、胸の奥が甘く痺れて苦しくなる。

まだ離れて半日も経っていないのに、エステルは言葉にできないほどの寂しさを感じていた。

ほんの数日のことだと散々言われていたし、ベルタだってそばにいてくれるというのに。

甘やかされ、強欲になってしまった自分の醜さに、エステルは深く長い息を吐き出したのだった。

＊＊＊

夕闇にあたりが染まりはじめる段になり、ようやく馬車が動きを止めた。

フードを目深に被ったアンデリックは静かに馬車を降りる。

「お待ちしておりました」

そう形式的な声で告げるのは、アンデリックを迎えに出てきた騎士だ。それ以外にも複数の兵士たちが、アンデリックの進む道筋を作るように並んで敬礼をしていた。

誰もが彼を見まいとしながらも、好奇の視線を隠せていないのが嫌でもわかる。しつけのなっていない連中だ、と唾棄《だき》したい思いにかられるが、ここで騒ぎを起こしてなにも得することはない。

アンデリックは無言のまま兵士たちの間を通り抜け、城の中へ足を進めた。人気《ひとけ》のない静かな廊下を早足で歩く。もし誰か知っている顔に会えば面倒なことになるのを学んでいるアンデリックは、早く目的地につきたい一心だった。一刻も早く仕事を済ませ、屋敷に戻らなければ。

「ふ」

戻らなければ、と考えている自分の思考に、アンデリックは思わず噴き出してしまいそうになる。

すぐに噛み殺したので、その小さな笑いは彼の後に続く兵士には聞こえなかったらしい。

(戻る、か。いったいどこに戻る気だというのか、俺は)

アンデリックの頭に浮かんだのは、情事の終わり際、涙と汗に濡れて上気し虚ろな顔をしたままに、この異形の角を撫でるエステルの顔だ。

彼にとってはパブロに押しつけられた書類上の妻で終わるはずの相手だったのに、いつの間にか肌を合わせ、こんなときに思い浮かべる相手になってしまっている。

笑うに笑えない状況であるだけに、アンデリックは逆に腹を抱えて笑い出したくてたまらなかった。

(エステル……俺の妻)

あの柔らかく温かな体をずっと腕に抱いていたい。儚げな笑みも、小鳥のさえずりのような声もなにもかも、アンデリックにとってはかけがえのないものだ。

こんな冷たい場所ではなく、今すぐエステルのいるあの屋敷に帰りたくてたまらなかった。

ようやく辿りついた長い廊下の突き当たりには、真っ白なローブを着た老人が立っている。その横には見張りのようにパブロが控えており、アンデリックに感情の読めない笑みを向けていた。

アンデリックはそんなパブロには視線もくれず、老人の前に立つ。

「ご健勝でなによりです、アンデリック王子」

「世辞は良い。儀式の準備はできているか」

「はい。今すぐにでもはじめられます」

「では、俺が呼ぶまで誰も入れるな」

一見すれば壁のように見える廊下の突き当たりにアンデリックが触れると、真っ黒な扉が現れた。金の文字が彫り込まれたそれは、アンデリックを待ちかねていたようにゆっくりと開き、彼だけを招き入れる。

部屋の中は、前回となにひとつ変わっていない。

中央の台座に、聖杯だけが置かれた不気味な空間。

この国を守る壮大な魔法の要である聖杯は、まるでなにかを待っているように沈黙している。

アンデリックがゆっくりと手をかざすと、聖杯が喜ぶように不気味に光り輝きはじめた。

「…………」

体の奥底から血液が吸い出されていくような感覚が、アンデリックを襲う。

この聖杯は、かつて存在した魔法使いが作り上げた魔道具だ。魔力持ちから魔力を吸収し、溜めることができる貴重な道具として王国では宝物扱いされているが、アンデリックはこの聖杯がとても恐ろしいものだと理解していた。

魔力を持つ者が手をかざせば、その者の魔力を吸収し、内側に溜め込んでいく暴食な玩具。

ただの魔力持ち程度なら、数時間で魔力を吸い尽くされ倒れてしまうほどに容赦がない。油断すればその者の命すら削るだろう。

この聖杯に溜められた魔力を、王国は国を守る治水魔法の制御に使っている。常時稼働する治水魔法は大量の魔力を必要とするが、アンデリックが聖杯を満たしてやれば、数ヶ月は維持することができる。

そのおかげで、これまで命を削りながら魔力を差し出していた魔力持ちたちの負担が軽減され、治水魔法以外の魔法にも魔力を回すことができるようになったという。

「……」

魔力の活用を求めるのは、貴族や金を持った権力者たちだ。彼らは魔法の恩恵を国民に分け与える気などない。

己の欲望を満たすために魔法を使いたがる連中は多い。そういった者たち相手に、秘密裏に魔力を掻き集め、金儲けの道具にする輩《やから》もだ。

かつてアンデリックに命を奪われた養父が、そうだったように。

「クソッ……」

嫌な記憶がよみがえったことで、アンデリックの魔力に氷が混じる。だがその魔法すら聖杯は喜ぶように吸収していく。

この分なら朝までには済むだろうと考えながら、アンデリックは冷めた瞳で聖杯を見つめていた。

（皮肉なものだ……俺の魔力がこの国のために使われるなど）

アンデリックは親からの愛情や慈しみというものを得る機会が一度もなかった。母親は彼を産むことと引き換えに命を落とし、養父は彼を道具として扱い、彼の魔法により命を落とした。実の父親である国王は彼に興味も示さず、王妃は彼を嫌った。

すがる相手も、愛してくれる相手もいなかった。

彼が生きていられる理由はこの魔力だけ。だが同時に、この魔力がアンデリックを孤独にした。

もし自分が魔力など持たない子どもであれば母親は死なず、自分を愛してくれただろうかと考えた日もある。だが、無理やりに孕《はら》まされた子を人は愛せるのだろうかという不安が、夢の中ですら母親に抱かれる想像を阻んだ。

『あなたの子どもが欲しかったの』

絞り出すようなエステルの声が、冷え切っていたアンデリックの胸を満たす。

自分の子を、エステルは産みたいと言った。たとえそれが彼女の役目だとしても、角を恐れず、触れることすらした彼女のぬくもりは、長く凍ったままだったアンデリックの心を溶かしはじめている。あんなに激しい行為の中でも、氷の魔法は発動しなかった。

（もしかしたら）

そんな淡い期待がアンデリックの胸に押し寄せる。

（無駄なことだ）

同時にアンデリックの境遇が、その期待を押し殺す。

エステルはパブロが選んだ書類上の妻。なにかしらの事情を抱えていることは間違いない。

王国は強い魔力を持つ宝石眼のアンデリックが血族を残すことを強く望んでいる。正確には貴族たちが、だ。

好色な王とヒステリックな王妃。その血を継ぐ、自分と同い年である王太子。この国を支えていくには脆弱《ぜいじゃく》すぎる土台たちよりも、半分とはいえ王の血を引く魔力持ちであるアンデリックのほうが、あるいはその血統の者が王座にふさわしいと考える者たちも少なからずいるのだろう。その筆頭があのパブロだ。

魔力がなければこの国は滅ぶ。宝石眼として生まれたからにはこの国の役に立つべきだと説き、アンデリックを疲弊させた。

パブロが寄こしてきた女は誰もが必死に取り繕い、アンデリックに気に入られようとしたが、結局は皆、彼を怖がり去っていった。

アンデリックとて自ら望んで孤独に生きてきたわけではない。もしかして誰か一人でも自分を望んでくれるのではないかと期待していたこともある。だが、どんな女もアンデリック個人を見ようとはしなかった。

すべてを諦めたアンデリックに、これが最後だと言ってパブロが送り込んできたのがエステルだ。

これまでの女たちとはなにもかも違う、穏やかで優しい、春の陽だまりのように温かなエステル。

顔を思い浮かべるだけで、真っ暗だった世界に光が差すような気持ちになる。

「……俺は、どうすればいい？」

彼女がどんな事情を抱え、アンデリックと結婚したのかはわからない。パブロと取り引きをしている可能性だってある。

気を許すな。信じ切ってはいけない。アンデリックはそう己に言い聞かせ続けていた。

エステルは貴族令嬢とは思えぬほど、素朴なものばかりを好み、静かすぎる生活に不満ひとつ見せない。もしかして貴族が己の娘を差し出すのを拒み、メイドかなにかを身代わりにしたのかとも考えたが、エステルの所作は間違いなく貴族の娘として育てられたものだ。

　不意に、自分はエステルについてなにも知らないのだと気がついた。

　数ヶ月共に過ごし、このひと月は肌を合わせ続けたにもかかわらず、お互いの内面や育ちに触れるような会話はしたことがない。

　肩書きが妻ならばなにをしてもいいはずだと、勝手な振る舞いを続けていた自分が、酷く猥雑《わいざつ》な男に思えてきて、アンデリックは少しだけ取り乱した。

「クッ」

　気持ちがゆるんだせいか、いつもより一気に魔力が吸い上げられ、体が傾ぐ。

　考え事をしている間に時間が過ぎていたらしく、聖杯はほとんど満たされていた。

　手を離し魔力の供給を止めれば、淡い光は消え、再び沈黙が部屋を支配した。

「終わったぞ、確認しろ」

　部屋の内側からアンデリックが叫ぶと、部屋の中にパブロと老人、それからローブ姿の老若男女がぞろぞろと入ってくる。

「おお、さすがアンデリック王子。この短い時間で聖杯を満たすとは」

「これでしばらくは持つはずだ。俺ばかりに頼らず、そこにいる者たちの魔力も使ってやれ」

アンデリックは、後ろに控えているローブ姿の者たちを睨みつける。彼らは貴族から生まれた魔力持ちたちだ。老人は彼らを束ねる長《おさ》だった。

アンデリックの言葉を聞いた老人は朗らかに笑い、平然と受け流す。

「あなた様の魔力には質も量も到底及びませぬ。どうかこの国のため、これからも力をお貸しください」

「………フン」

元よりアンデリックに選択肢などないに等しい。

異形とも呼べる角と膨大な魔力を持ち、王家の血を引くアンデリックは、どこにも属することができぬ身の上。この聖杯を満たすことと引き換えに、生かされている。

結局、自分は生贄なのだと、どす黒い力が湧きあがった。

苛立ちにまかせ、忌々しげに舌打ちしたアンデリックが額に滲んだ脂汗をローブの袖で乱暴に拭うと、フードが外れ、頭があらわになる。

「ヒッ」

誰かが、露出したアンデリックの角を見て息を呑んだ。

「誰だ。不敬者めが！」

パブロがわざとらしく叫び、ローブ姿の者たちが怯えたようにざわめく。

「いい。気にしてはいない」

アンデリックは振り返ることもフードを被ることもせず、パブロたちに背を向け部屋を出た。

角を恐れられることには慣れきっていたし、腹を立てることもない。実際、目の前に角の生えた人間がいれば、誰だって怯えるだろうと諦めていた。

だからこそ、初対面でも彼を恐れなかった、あの柔らかな瞳のことがずっと心の奥に引っかかっているのだ。

廊下に出ればすでに窓の外は暗い。夜明け前だったことを意外に思いながら、アンデリックは夜空を見上げた。淡い星の光と丸い月が、気持ちを少しだけ軽くしてくれる。

「帰る。馬車を」

「今からでは馬も走りたがりません。いつもの部屋を用意してあるから休んでいってください。魔力を酷使してすぐに無理をすれば、体に障《さわ》りますよ」

部屋から出てきたパブロが、歩き出そうとしていた背中に呼びかけてきた。

アンデリックは煩《わずら》わしそうに彼を見るが、パブロは作り物のような笑みを崩さない。

「チッ」

舌打ちするアンデリックにもパブロは態度を変えず、なにを考えているかわからない表情を浮かべていた。

親しげな様子でアンデリックに近づき、その顔を不躾な視線で覗き込む。

「先ほども思いましたが、ずいぶんと顔色がいいですね、王子。奥方とうまくいっているようで安心しました。すぐに追い出すかと思ったのに。大人しそうな顔をしていましたが、エステル殿はずいぶんと……っ!!」

パブロが言葉を紡ぎ終える前に、氷の刃をその喉元に突きつける。

魔法で作り上げられた氷剣は恐ろしいほどの透明さと鋭さで、それを握るアンデリックの瞳には明確な殺意が滲んでいる。

「二度とその口であれの名前を呼ぶな」

「…………ほう」

パブロの瞳が煌《きら》めいた。自らの首に当てられた氷の剣のことなど見えていないように、アンデリックを見つめたまま、一歩前へ踏み出す。パブロの首に氷の刃が触れ、わずかに血が滲む。

「そこまで彼女を気に入ったとは。なんと。これは僥倖《ぎょうこう》だ」

それでも笑みを浮かべるパブロにアンデリックは思わず刃を消し、距離を取った。

「お前は……いったいなにを考えてる、あのような薬まで使って」

「薬のことを？　まさか使った？　エステル殿はなんと素晴らしい……！」

エステルを揶揄《やゆ》するようなパブロの言葉に、アンデリックの瞳がさらに鋭くなる。

「貴様、先ほどの俺の言葉を忘れたのか」

「ああ申し訳ありません、つい興奮して。あなたにとっては大切な花嫁だというのに。よい具合でしたか？」

バリン、とパブロの前髪が凍りづけになり、バラバラと砕けた。

「その口が凍らなかっただけありがたいと思え」

アンデリックは乱暴な足取りでパブロに背を向け、角を隠すこともなく長い廊下を歩いていく。

パブロは砕け散った前髪を気にしながらも、口元にゆるやかな笑みを浮かべた。

「お待ちください、王子。気分を害させた代わりに、良いことを教えてあげましょう」

わざとらしいほどに媚びのこもった声を上げながら、パブロはゆったりとした足取りでその後を追った。

＊＊＊

アンデリックが城に向かってもう二日が過ぎた。

普段ならばもう戻ってくるはずだ、というベルタの言葉を何度も反芻《はんすう》しながら、エステルは気持ちを落ち着けるため庭仕事に没頭していた。

水差しを傾けると、土は気持ち良さそうに水を吸い込んでいく。

彼女が植えた種は芽吹き、もうすぐ花蕾がつきそうだ。

季節を考えれば少しおかしな話だが、アンデリックがこの屋敷全体に魔法をかけて色々なものを安定させているというので、その影響があるのかもしれない。

草花はエステルが手をかければかけるほどにすくすくと育ち、彼女の満たされぬ心を埋めてくれるようだった。

「旦那様」

そう口にして、胸の奥を締めつける苦くも甘い痺れに、エステルは短い息をついた。

彼に惹かれている、ということは拒みようのない事実だとうっすらと気がつきはじめていた。

だが、果たしてそれは許されることなのだろうか、と。

エステルは弟を失ったあの日、自分も死んだのだとずっと考えていた。そう考えれば、悲しみを少しでも感じずに済むと思っていたから。

仇を見るような父母の視線も、姉の理不尽さも、罪人である自分へ向けられたものだから仕方がないと、無理やりに諦めていた。

だから修道院に行けると聞いたときはなにより安心していたのに。

数奇な運命によって結婚と子どもを成すという役目を与えられたときは、また苦しい日々が始まるのだと思っていた。愛されるはずもなく、子どもを産んだらすぐにその子を取り上げられるかもしれないと。

でも、アンデリックは違う、そんなことはしない、という予感がエステルにはあった。

自分を抱くアンデリックは情熱的だが優しく、いつだって自分をいたわってくれる。

もし子どもができたとしても、きっと大切にしてくれるだろうと。

あの美しい角を撫でる瞬間にアンデリックが見せる表情は、エステルの心をどこまでも掻き乱すのだ。

ベッドの上では情熱的な彼だが、それ以外の時間はとても穏やかだ。エステルがなにかをしていても咎めることも、無駄だと断じることもない。

ただ静かに自分を見つめ、不思議に思えば問いかけてきて、答えれば「ほう」と興味深そうに理解を示す。急き立てることも、突然それを奪って壊すこともない。

角には驚いたが、それだけだ。むしろ好ましいとすら思う。あの綺麗なサファイアの瞳はとても優しい。彼はとても素晴らしい人だと感じている。

実の家族と暮らしていたあの日々は異常だったのだと思い知り、その対比としてこの生活がどこまでも平和であることを噛み締めていた。

もしかしたらずっとここで、このまま彼の妻として生きていけるかもしれない。もう、許されてもいいのかもしれない、と。

長い間動きを止めていた心臓が動き出すかのように、エステルの白い頬に赤みが差す。

いつの間にか水差しは空になっていた。見上げた空は曇り模様だ。水で濡れた地面は明日まで乾くことはないだろうと、急ぎ足で屋敷に戻った。

「奥様、お手紙が届いております」

「手紙？」

屋敷に戻ったエステルがベルタから差し出されたのは、一通の封筒だ。

この屋敷の場所はアンデリックを保護するという理由から伏せられており、手紙は一度パブロを通し、数週間分がまとめて届けられる。

エステルをここに送った馬車もパブロが用意したものだと聞いた。事実、この屋敷には通いの商人と手紙を届けるパブロの使い以外が訪れたことはない。

手紙といってもアンデリックが取り寄せた書物や、彼の魔法に関する連絡のものばかりだったはずだ。

しかし自分宛てとはいったい誰からだろう、もしかして城にいる旦那様からだろうか、とわずかに胸を弾ませながら、エステルはそれを受け取る。

「……!!」

そこに書かれた文字を見た彼女は息を止め、目を見開いた。手紙を持つ手が酷く震えている。

「奥様?」

その尋常ではない態度に、ベルタが心配そうな顔をするが、エステルは「なんでもないわ」と硬い声で答え、その封筒を持ったまま走って自室に向かった。

ぶるぶると震える手で再び封筒を確認する。差出人は父親。見覚えのある少し神経質そうな右上がりの文字に、心臓が痛いほどに脈打っている。

この数ヶ月ずっと離れていたというのに、名前ひとつでエステルは父親と対面したかのような緊張に襲われていた。

急いで確認しなければ叱られる――ここにいない人間を恐れるように素早く封筒を開け、中身を取り出す。

「っ、ふ」

一行を目で追う度に、エステルは肩で息をする。瞳は文字を見ているのに、そこに書かれた言葉の意味を理解することを拒んでいるかのようだった。頭痛が酷い。

「は、あぁ……」

最後まで読み終えたときには汗でびっしょりになっていて、彼女はその場にへなへなと座り込んでしまった。

先ほどようやく得た頬の赤みは消え去り、肌は白を通り越して青白い。手紙からそらされた瞳は虚ろで、気がつけば冷たい涙がとめどなく流れていた。

『エステル
この数ヶ月、手紙のひとつも寄こさないお前という冷酷な娘に手紙を書かなければならぬことが、非常に腹立たしい限りだ。お前が修道院に行ったのではなく嫁いだのだと知った母は気落ちしている。ラシェルもだ。勝手に結婚してと怒って、手がつけられぬ。

親への手紙を忘れるような薄情なお前に期待するだけ無駄なことかもしれないが、もうすぐあの子の誕生日だ。あの子が無事であれば何歳になったかお前は覚えているか。あの子の成長を見る機会を奪われた私たちの悲しみが癒えることは永遠にない。己が罪を詫びろ。それはお前の義務だ。

無事に夫の子を孕《はら》めたか。パブロより賜った命令だ。必ず果たせ。子を産むことでわずかでもお前の罪が軽くなることを、私とて願っている――』

見知らぬ土地で、一度も会ったことがない夫の妻となったエステルを案ずる言葉のひとつもない、冷酷な手紙。母や姉が自分に怒っているという報告と、ジョルジュへの罪の意識を忘れぬようにという呪いのような言葉の羅列だけがそこには記されていた。

「……忘れませんわ、お父様。ジョルジュは今年で十二歳になります」

這うようにして立ち上がったエステルは、生家から持ってきた少ない荷物から、隠すようにしまっておいた箱を取り出す。中に納まっているのは、小さな緑色のガラス玉がはめ込まれた片方だけのイヤリングと小さな靴、そして小さな紙切れ。

毎年、ジョルジュの誕生日は家族にとって重い一日だ。

父と母は嘆き、姉はいつも以上にエステルに酷い態度を取る。いつの頃からか、エステルはその日になると一人部屋にこもり食事もとらず、ただ静かに祈るようになっていた。

「ジョルジュ」

エステルはイヤリングを握りしめ、押し殺すような嗚咽《おえつ》を零す。

あの日、騒ぎの中で片方だけになっていたイヤリング。もう片方は落としたとばかり思っていたが、あの場所で見つかることはなかった。エステルは、きっと自分にしがみついたジョルジュが持っているのだと信じていた。

これさえ持っていれば、またいつかジョルジュに会える。そんなありもしない希望にすがるように、エステルはずっと祈っていた。

小さな靴を膝に抱え、優しく撫でる。片足だけになった靴は、あの日ジョルジュが落としたものだ。

もうきっとこの靴は意味をなさないだろうが、再会したときに渡してやりたくて、ずっと持っていた。

一度、ジョルジュの靴を後生大事に持っていることをラシェルに気づかれ捨てられてしまったが、エステルは泣きじゃくりながらゴミ捨て場から掘り出して取り戻したのだった。

そのときついてしまった汚れが取れなかったことを、エステルはいまだに悔んでいる。

「あなたを忘れかけていたお姉ちゃんを許して」

この数ヶ月、忘れまい、忘れまい、と必死に自分に言い聞かせていた。

けれど、この屋敷に来て家族からの冷たい目線から逃れられ、アンデリックに抱かれたことで、どこかでジョルジュへの罪を忘れようとしていた自分の浅ましさに気がついてしまった。

もう許されてもいいのかもしれない、と一瞬考えたことを見抜いたような手紙の文字たちに、エステルは打ちのめされていた。

自分はパブロの命により、アンデリックの子どもを産むために用意された存在。決して彼に愛されるためではない。子どもを産まない限り、自分にはここに存在していい理由などなにひとつない。彼を愛してもいけない。自分は重い罪を背負った女。本来ならば結婚はおろか子を望んでもいない彼に捧げられた、子を産むためだけの妻。情けで抱いてもらっているだけの、惨めで淫らで身勝手な存在。

ぼろぼろと零れる涙が、イヤリングを濡らす。

まるでジョルジュが泣いているようだ、とエステルは己の愚かさを呪った。

エステルは涙を乱暴に拭うと、小さくたたまれた紙を取り出し、そこに描かれた絵をじっと見る。

それは、ジョルジュを連れ去った男の腕に刻まれていた入れ墨の柄だ。

零れ落ちそうになる幼い記憶を保つために、エステルが必死に描いた、犯人の手掛かり。

いつか奇跡が起きて、ジョルジュに繋がるなにかが見つかるかもしれない。そのときにこれが役立つ可能性がある。そんな一縷《いちる》の望みを託した、恐ろしい記憶の欠片。

エステルは紙に描かれたいびつな絵を、指で撫でる。

「忘れない……忘れないわ、ジョルジュ……」

絞り出すように呟いてから、エステルは紙と手紙を机から取り出した日記に挟む。そして、靴と共に箱に押し込めた。

イヤリングだけは耳につけた。決してジョルジュを忘れないという証として。

幸せと安寧《あんねい》の時間は終わった。自分の役目を忘れてはならないと自分に言い聞かせながら、しっかりと蓋を閉じる。

とめどなく落ちる涙の音だけが、静かに部屋の中に響いていた。

心を凍らせることを決意したエステルのもとにアンデリックが戻ったのは、その翌日のことだった。

「今帰った」

泣き疲れて腫れてしまった目を、ベルタが必死に薬草で癒してくれたおかげで、エステルはなんとかアンデリックを出迎えることができた。

「今回はずいぶんと長い滞在でしたね」

「ああ」

ベルタに外套《がいとう》を預けながら、アンデリックは眉間に皺を寄せる。

「本来ならばもっと早くに帰っているはずだったんだが……」

疲れ切ったアンデリックの横顔に、エステルはなにかあったのだろうかと思いながらそばに近寄る。触れるべきか迷っていると、アンデリックがエステルへ向き直り、その瞳を柔らかくゆるませた。

「変わりはなかったか?」

変わらぬアンデリックの様子に、エステルは胸の奥が締めつけられるのを感じていた。様々な感情が胸を満たし、言葉が詰まる。

「パブロが余計な話をしてきたせいで遅くなった」

「あ……」

パブロ、と口にするアンデリックの瞳に混じる苛立ちに、エステルは息を呑む。

彼が嫌っているパブロこそが、エステルをここに寄こした張本人だ。嫌っている相手から押しつけられた妻である自分を、彼が愛するはずがない。昨日のことで心を弱らせているエステルは、悪いほうへ簡単に思考を堕としていく。

「どうした？」

まっすぐに自分を見つめるアンデリックの視線に、エステルは返す言葉を失う。

父親からの手紙のことが頭をよぎるが、いったいなにをどう伝えればいいのかがわからずに、青白い顔でアンデリックを見つめることしかできない。

彼への申し訳なさと自分の立場を呪う思いから、エステルは今にも泣き出しそうだった。

「エステル？　顔色が悪いが……」

アンデリックはそんなエステルの変化を察知し、怪訝そうな顔をする。

どこか具合が悪いのかと言いながら伸ばされる手に、エステルの体は痛々しいほどに大きく震えた。

それは、彼に触れてもいいのだろうかというエステルの迷いが生んだ怯えだったが、アンデリックにしてみれば、エステルからの拒絶に思えたのだろう。

伸ばした腕は中途半端な位置で止まり、彼は彼女にそれ以上言葉をかけることもなく、無言のままに背を向ける。

エステルは何度も口を開き、アンデリックになにかを言おうとするが、結局言葉は見つからなかったようで、去っていくアンデリックの背中を見送ることもできず、ただ視線を床に落とした。


「クソッ」

自室に戻ったアンデリックは、机に積まれていた本を床に払い落とす。

バサバサと音を立てて散らばる本のいくつかが、その拍子にページを広げた。そこには異形の者たちの絵が描かれている。

アンデリックはずっと、己の角について調べていた。

こんなものさえなければと何度も切り落とそうとしたこともあったが、存在するどんな道具を使っても、この角には傷ひとつつけることが叶わなかった。

ならば身を抉《えぐ》ればと皮膚に刃を突き立ててみても、角に刃先が行きついた途端、魔力が勝手に傷を修復してしまう。

どんなに努力をしても、この角がアンデリックから失われることはなかった。

ならば世界から魔法が失せたように、自分からも魔力が失せればいいと、限界まで魔力を使い切ったこともあったが、意識を失い一週間眠り続けるだけに終わってしまった。

どうしようもないものなのだと、一度はすべて諦めた研究だった。

しかし、エステルという存在を得たことで、アンデリックは今一度自分の身にあることの角について向き合おうとしていた。失くすのではなく、なぜあるのかという原点に戻ったのだ。

理由がわかれば、なにかを掴めるかもしれない。

角を恐れぬどころか触れることをためらわないエステルがいたからこそ、アンデリックは再び自分に向き合うことができたのだった。

だが結局答えは見つからぬまま。

それでもエステルがこの異形ごと自分を受け止めてくれるのならば、もうそれでいいと割り切ろうとしていたのに。

「なぜだ……!!」

見送りの際に見せた心細そうな表情が、ずっと頭から離れない。

きっとあの優しい視線のまま出迎えてくれると思っていたのに、なぜあんな怯えた態度をされなければならないのか。

アンデリックはエステルの態度に戸惑い、怒り、そして裏切られた子どものような思いで心を乱していた。

たったの数日だというのに、エステルがそばにいないことが、もどかしく耐えがたかった。

エステルのぬくもりが恋しく、再会した瞬間に腕の中に閉じ込めたいとさえ思っていたのに。

その衝動を押し殺しながら伸ばした手に、エステルは怯えた。

やはり自分のような異形を受け入れる女などいなかったのだ――そう、アンデリックは絶望していた。

部屋の中でひとしきり暴れ、身を投げるようにベッドに横たわった。彼の荒れようを察知したらしいベルタは、食事の時間になっても呼びに来なかった。

眠りにつけるわけでもなく、ただ暗くなっていく空を見つめ、わずかな月明かりのみが窓から差し込むようになって、ようやく体を起こす。

不意に、自室と薄い扉一枚で隔てられた夫婦の寝室に人の気配を感じ、アンデリックは勢いよく立ち上がった。

まさか、とはやる気持ちを抑えながら、扉に手をかけた。

不安と期待を呑み込み、ゆっくりと扉を押し開くと、ベッドに腰掛ける小柄な人影が目に入る。

「エステル」

名を呼べば、その人影が小さく動いた。

「旦那様」

自分を呼ぶ優しい声に、ああ、とアンデリックは嘆息交じりに安堵の息をつく。

さっきは少し間が悪かっただけなのだ。彼女はなにも変わらない。その証拠に、自分と共に過ごすためのこの部屋で待っていてくれた。

アンデリックは極力ゆっくりとした足取りでベッドに近づき、怖がらせないようにエステルの横に腰掛ける。

二人分の体重で軋むベッドの音とシーツの匂いが体に馴染み、アンデリックは言葉にできないほどの満足感を覚えていた。

いつもはつけられているはずの小さなランプの灯りすらない部屋の中は暗く、わずかな月明かりのみで、エステルの顔は見えない。

だからアンデリックはなにも気がつかなかった。

エステルの表情がこれまでとは違い、すべてを諦めた人形のようになっていたことに。

「旦那様、どうか、私にお情けを」

どこか硬く震えたエステルの声に、アンデリックは一瞬だけ疑問を感じたが、彼女のぬくもりに飢えた一人の男と化した彼は、そのことに気を使う余裕はなかった。

いつものようにエステルの細い体を抱き締め、ベッドに落とす。柔らかな首筋に顔をうずめ、肺いっぱいにエステルの匂いを吸い込み、その体温を体中で感じる。

唇で体のかたちを探り、口づけを交わす。挿し込んだ舌先に応える小さな舌が以前よりもぎこちないのは、日が空いてしまったからだろうと都合よく解釈し、アンデリックはエステルの夜着に手をかけ、素肌を撫でまわした。

「っ、ああ」

控えめな甘い声が、アンデリックの欲望に火をつけていく。

出立の前夜に残した痕はすっかり薄くなっていて、アンデリックは再び刻みつけるように、執拗に彼女の体を吸い上げ、甘く噛み締める。

白い肌に残る赤は散らした花びらのようだと思いながら、柔らかく温かな体にすがった。

胸の先を転がすように舌で舐めまわし、吸い上げる。硬く尖った部分の感触を楽しみながら甘く噛んで引っ張れば、エステルは甲高い悲鳴を上げた。

腰を撫でていた手を太ももまで落として、しっとりと汗ばんだ内側へ滑り込ませていく。柔らかく熱を持った素肌の感触に、下半身が痛いほど熱を持っていくのがわかった。

下着をずらし、すっかり濡れている蜜口を指でいじくると、エステルが甘い声を上げた。

胸を味わいながらアンデリックは声を出さずに笑い、ゆっくりと指を進めた。濡れてはいても狭く、痛いほどに締めつけてくる内部をゆっくりとほぐす。ぬかるんだ淫らな蜜音が響きはじめると、エステルは下半身を細かく震わせた。

「旦那様、も、も、う」

アンデリックの指をきゅっとエステルが締めつける。

求められているという喜びを噛み締めながらアンデリックは指を抜くと、ズボンを脱ぎ捨て、硬く猛った熱棒を蜜口に押し当てた。エステルのそこは、待ち焦がれていたようにアンデリックの先端に吸いつく。

「あ、あああっ」

甲高く叫ぶエステルの体をシーツに押しつけるようにしながら、狭い蜜路を欲望で掻き分けて、根元まで一気に己を沈めた。

繋がれた、という充足感で、はぁと短く熱い息をついたアンデリックは、エステルの頬を撫で、サファイアの瞳で彼女をまっすぐに見た。

だが、いつもならば穏やかな色味で彼を見つめ返してくれるはずの瞳は、どこか虚ろに宙をさまよっており、髪や角を撫でてくれるはずの手は、なにかを拒むようにシーツを握りしめたまま。

肌だけが薄紅色に上気し汗ばんでいるが、以前のようなアンデリックを受け入れようとしていた姿とは違っていた。

「っ」

「あっ‼」

エステルの変化に動揺しアンデリックが身を引けば、繋がった部分がいびつに擦れ、エステルは甘い悲鳴を上げる。

それは間違いなく悦楽の声。その声に本能を刺激され、アンデリックは再び腰を動かしはじめる。

エステルはその動きに合わせ甘い嬌声を上げるのに、瞳も腕も差し出そうとはしない。

ちぐはぐなその態度に混乱しながらも、彼女に飢えていたがゆえにアンデリックは行為を止めることができない。

「エステル、エステル」

答えてほしい、と懇願するような声で名前を呼び、アンデリックはエステルの細い喉に唇を這わせ、歯を立てた。

喉元を食いちぎる獣のような体勢になりながら激しく突き上げると、エステルは背中を浮かせる。

「ひ、あ、ああああっ!!」

「くっ」

ひときわ高い声でエステルが叫んだ後、アンデリックもその締め上げに吸いとられるように最奥で果てた。

脱力し、エステルの上に覆いかぶさるように倒れ込む彼を彼女の体は静かに受け止めるが、いつもならば彼を抱き締めるように伸びてくる腕は、力なくシーツに落ちたままだ。

肌から感じるエステルの汗の匂いや呼吸、体温は間違いなく生きているはずなのに、人形でも抱いているような虚しさ。

「エステル」

どうした、と問いかけたいのに言葉が見つからず、アンデリックは不安を押し殺しながらエステルを見上げる。

「っ……!!」

生理的なものだけではない涙がエステルの頬を濡らしている。

苦しさに耐えるようなその虚ろな顔に、アンデリックはエステルの心がここにないのだと直感した。

悲しみと共にこみあげてくるのは、絶望ではなく怒りだった。なぜ、なぜだ、と。

「……ひっ！」

虚ろな瞳のままに意識を失いかけているエステルの腰を、アンデリックは乱暴に掴んで引き寄せる。

「あ、あっなに……」

「まだだ」

「んっんううう……!!」

腕を掴んで乱暴に引き起こし、エステルの体をきつく抱き締め、荒々しく唇を奪う。舌を絡め、唾液や呼吸、その命までも吸い上げるほどのキスをしながら、繋がったままの腰を揺さぶった。

ぐちぐちと互いの体液が混ざり合う音と、軋む寝台の音が響く。

アンデリックは、涙を流しながらも硬く瞳を閉ざし、決して自分に触れようとしないエステルの体を、激しく貪り続けた。

第三章　すれ違う想い

寝台の上。服を着たままのアンデリックの下で、エステルは乱された服のまま体をまるめていた。

「俺の子が欲しいのだろう、口を開け」

「あっ」

無理やりに顎を掴まれ、上を向かされた。エステルの瞳が悲しげに揺れる。

サファイアの瞳を歪め、アンデリックは乱暴にエステルの唇を奪う。

「ん、んんぁっ」

舌を絡め、唾液を掻き混ぜるような情熱的な口づけは深く、呼吸すらままならない苦しさで、エステルはアンデリックの体を押し返そうと本能的に腕を動かしかけるが、すぐに動きを止めた。

不安定な体勢で怖かったが、彼の体に触れる勇気は持てず、ただシーツを必死に握りしめてその激しさに耐えた。

それは、一度でも彼にすがってしまえば甘えてしまいそうな自分を抑えるための行為であったが、アンデリックにとっては拒絶に思えたのだろう。

瞳を苦しげに細め、口づけながらエステルの体を蹂躙《じゅうりん》しはじめる。

つい先ほど放った精がゆるゆると零れる蜜口に、まだ完全には復活していない熱棒を挿し込む。

「むっ、んんっっ」

叫ぶ声まで吸い上げられたエステルは、呼吸すらできぬままに乱暴な突き上げを受け止めるほかない。

今夜二度目だというのに衰えることのない激しい攻めに、結合部から溢れた白濁と愛液が混ざり合い、泡を立て、淫らな律動音が響いた。それに肌と肌がぶつかる音と、シーツが擦れる音が交じる。

「ふ、っあああっあっ」

ようやく解放された唇は強い吸い上げで赤く腫れあがり、唾液によっていやらしく濡れていた。

与えられる刺激に耐えかね、エステルは悲鳴のような嬌声を上げて身をよじる。

その動きが逃げ出すように思えたのか、アンデリックは強い力で腰を掴むと繋がったまま細い体をベッドに押しつけるようにうつぶせにし、エステルを後ろから攻めはじめる。

「あ、あああっ」

尻だけを浮かせられ、シーツに顔を押しつけたエステルは、臀部を痛いほどに掴むアンデリックの指の食い込みを感じながら、もっと、もっと痛みを与えてほしいと願った。そうすれば、この行為に溺れずに済む。これは子どもを作るための行為であって、それ以外はなにもない。溺れてはいけない、と。

しかしすでに彼に慣らされた体は、わずかな痛みも快楽へすり替えてしまう。

爪先が柔肌に食い込むだけで胎の奥が疼くのを感じ、結合部が濡れるのがわかった。

「や、あぁぁぁ」

恥ずかしいとシーツを掻き毟《むし》れば、アンデリックはさらに動きを速め、エステルの柔肌に強く指を食い込ませる。

その刺激に応えるように強く締めつけてしまうと、アンデリックが呻《うめ》きながら腰を痙《けい》攣《れん》させ、最奥で熱を吐き出した。

「あ、ン……」

置いていかれたような感覚にエステルは戸惑うような声を上げ、虚ろな瞳をアンデリックに向けた。その瞳は快楽に蕩け、虚勢が消えている。

見つめ合った先で、サファイアの瞳が揺れていた。

「……お前もよくしてやろう」

「いっ、わたしは、……きゃあっ」

割れ目を辿るように撫で上げた指が、エステルの小さな花芯を探り当てる。もういい、と掠れた声で呻《うめ》きながら細腰をよじる体を押さえつけ、アンデリックはそこを執拗に攻めたてた。

「あ、あっ」

「そんなに俺を締め上げて、まだ足りないのか。そんなに子種が欲しいのならば、もっと頑張って締めつけてみせろ」

「ん!? あ、ああっ!!」

酷い言葉にエステルは顔を羞恥に歪め、戸惑い交じりの甲高い声を上げる。

アンデリックは指を動かしながら、再び腰を揺らしはじめた。

「や、ああっぁつ、ひっ、だ、だんな様、ぁ」

「子が欲しいのだろう？　ほら、味わえ」

「や、やぁあ!!」

甘く崩れていくエステルの姿に、アンデリックの攻めは苛烈さを増していく。

しかし、エステルはどんなに乱れながらも、アンデリックに手を伸ばすことはなかった。

明け方近くになりようやく解放されたエステルは気を失い、体は汗と白濁にまみれていた。

涙で濡れ、赤く腫れた瞼《まぶた》を指で撫でながら、アンデリックは「なぜ」と小さな呟きを零す。苦渋の滲んだ瞳が、意識のないエステルに向けられている。

吸われすぎて赤く腫れぼったくなったエステルの唇がその呟きに応えるようにわずかに動き、声とも呼べぬか細い音が聞こえた。呼ばれたのかとアンデリックは急いで顔を近づけた。

「……ジョルジュ」

紡がれた言葉に、アンデリックが体を硬直させる。

ぐったりと横たわるエステルをしばらく見つめていたアンデリックは、無言のままに寝台を去った。

＊＊＊

あの夜以来、アンデリックはひたすらにエステルを抱くようになった。

これまでのお互いの熱を貪るような繋がりとは違い、アンデリックの欲望を満たすだけの執拗な行為。

「あ、あああっ」

今日も昼間だというのに、服を着たままベッドに上半身だけをうつぶせ、床に膝立ちになったエステルをアンデリックは背後から大きな動きで容赦なく突き上げていた。

喘ぎ声を漏らさないように、すがらないようにシーツを掻き抱き、顔をうずめるエステル。

その心はずっとアンデリックにすがりたくて、心の内を伝えたくてもがき苦しんでいた。

「ん、んんっ」

せめて子どもを、子どもだけでも宿すことができれば。そんな想いでエステルは、自らの中で猛るアンデリックを必死に締め上げる。

　この瞬間、この部分だけは間違いなく繋がっているという甘美で苦しい想いだけが、贖罪《しょくざい》という檻に捕らわれた彼女にとって唯一の救いだった。

「また締めつけたな。そんなにこれが欲しいか。注いでやる。しっかりと受け止めろ」

　体だけではなく心も揺さぶるような言葉を吐き出しながらも、アンデリックは腰を揺らし続ける。

　抜け落ちるぎりぎりまで引き抜き、ドスンと一気に突き立てる。入ってはならない奥のその奥に、アンデリックの硬い猛りの先端がめり込む。

「ッアあぁッ!!」

　爆ぜるような衝撃にエステルが全身を痙攣《けいれん》させ、悲鳴を上げる。

「クッ……!!」

　強い締めつけにアンデリックも短く呻《うめ》いて、エステルの中で果てた。長い吐精の間もゆるく腰を揺すり、絶頂の衝撃で震えるエステルを味わい尽くす。

　シーツに沈むエステルの体に、アンデリックが覆いかぶさるように倒れ込んだ。

　お互いの荒い呼吸だけが、会話をしているように切なく響く。

「ふぅ……ふうぅ……ぇ、あぁっ!!」

　アンデリックが己を引き抜く。溢れるお互いの体液がエステルの太ももを辿り、床に染みを作った。

離れていく体温に、エステルがこれで終わりだと体の力を抜いていると、後ろから抱えるようにして持ち上げられ、体がベッドの中央に投げ落とされる。

「きゃっ」

小さく弾んだエステルの体を押さえ込むように、アンデリックが再びその体を組み敷いた。

中途半端にはだけていた服を完全に奪われ、素肌を撫でながら味わわれはじめると、エステルは甘い声を上げることしかできなくなる。

ぷっくりと存在を訴える胸の先端を指先で転がされ、爪の先端で抉《えぐ》られる。

いやいやと首を横に振るエステルに苛立ったような乱暴な動きで脚を広げさせたアンデリックは、不安定な体勢のままエステルに硬く猛った己を挿入した。先ほど放ったばかりの精液が押し出され、音を立てながら溢れる。

「きゃ、っんんあああんっ！」

横倒しにされた体は繋がった部分からの律動により激しく揺らされ、エステルの柔らかな胸のふくらみもそれに合わせて上下する。

彼女の華奢《きゃしゃ》な片脚はアンデリックの肩に担がれ、抵抗する力も残されていないのか、哀れっぽく揺れている。

そのつま先までもが薄紅色に染まり、時折なにかをこらえるようにきゅっとまるまっては、ぴんと伸ばされる。

「ここが良いのだろう？　はしたない娘だ」

「や、やぁだぁ」

エステルは甘ったるい声を上げ、アンデリックの言葉に反応して彼の熱を締めつけてしまう。

隙間なくぴったりと沈み込んだ熱杭が、濡れた熱い隘路《あいろ》を蹂躪《じゅうりん》する感触をしっかりと感じてしまい、奥からさらなる蜜が溢れるのがわかる。

卑猥な水音を立てながらの律動で、これ以上先には進めない最奥まで強く刺激され、エステルは声にならない悲鳴を上げ続けていた。

尖った先端だけではなく、太い根元によって押し広げられた蜜口に与えられる刺激も彼女を追い詰めた。

「あぁあ、あぁあっ」

ゆっくりと抜けていくときにゆるむ蜜口が切なくて、勝手に締めつけてしまうはしたなさから、こみあげる羞恥心で彼女は身悶える。

もっと欲しい、と口走りそうになり必死で唇を噛み締めるエステルだったが、アンデリックはそれを見越したかのように、繋がった部分を荒く揺らし、エステルの内側を刺激しながら低い声で笑った。

「物欲しげにひくついているな」

「ひっ、そん、なこ、ああっん！」

どんなに激しい愛撫であっても乱れない彼女だったが、アンデリックの言葉による攻めにだけは激しい反応を見せた。

指摘されると、さらにそれを鮮明に意識してしまうのだろう。

悲鳴を上げたエステルの瞳が大きく見開かれ、透明な涙が溢れた。

まるでそれを狙っているかのように、アンデリックは執拗に彼女の痴態を指摘する。

「俺のを根元までしっかりと咥え込んで……食いちぎる気か？」

「ちが、ちがいま、あっ、ああっ」

「違うと言いながら腰を揺らして……聞こえるか？　すべてお前の漏らした蜜の音だ」

ちゅくちゅくとわざと音を立てるように浅く腰を引かれ、エステルは激しく首を横に振った。

「だめ……だめなのぉ……胸、だめっ」

軽い絶頂に達していたエステルの胸にアンデリックの指が伸び、硬く色づいた先端を弄ぶ。

指の腹で撫でるように擦り、先端を爪で弾くと、エステルの体は面白いほどに跳ね、強すぎる刺激から逃れるように身をよじった。

「ここを触るとさらに締まりがよくなるな。つねられるのが好きか？　それとも舐めてやろうか」

「ちが……ひんっ……んんっ！」

瞳から涙を溢れさせ、幼子のようにいやいやと首を振るエステルに、アンデリックは飢えた獣のように喉を鳴らした。

まだ足りないと伝える代わりに、腰の動きを速めていく。

エステルは果ての見えない行為に流され、言葉では嫌がりながらも決してそれを拒むことはしなかった。

繰り返される、気を失うまでの執拗な攻め。

アンデリックがベッドを離れている間がエステルにとってのつかの間の休息だった。

以前なら動ける程度には回復魔法をかけてくれていたのに、今のアンデリックは抱く以外のことをエステルにしない。

アンデリックがベッドに戻ってくるまで、少しでも体を回復させるために眠るしかなかった。

時折シーツを交換しに来るベルタは痛ましげに眉をひそめ、アンデリックに苦言を呈することもあった。

だが、アンデリックはエステルを自分のそばから離さない。

尽きることはないのかと不安になるほどに、エステルの内側はアンデリックが放ったもので満たされ続けている。

眠りの中でわずかに意識が浮上する瞬間、内股を冷たく濡らす感触にエステルは羞恥を感じた。

同時に、このまま壊れてしまえればいいのに、という仄暗い願いがふくれる。

エステルはアンデリックがいない間も、その匂いやぬくもりが逃げぬように、必死にシーツに包まっていた。


そんな日々が数週間続いたある日のことだった。

明け方、ベッドから出ていくアンデリックの気配に目を覚ましたエステルが体を起こすと、手早く着替えを終えたアンデリックは「休んでいろ」とその体を再び横たえさせた。

「所用で家を空ける。お前はゆっくり眠っていればいい」

その言葉が一瞬理解できず、エステルはぼんやりとアンデリックを見上げる。

どこへ、と聞こうとするが自分にそんな資格はないように思えて、エステルは目を伏せ、静かに頷いた。

「……」

まだなにかを言いたげなアンデリックの視線が目を伏せたままのエステルに向けられていたが、結局なにも言わずに背を向け、そのまま部屋を出ていく。

それを見送りながら、エステルは彼がまた戻ってきてくれるのだろうかという、言い知れない不安を感じていた。なぜだろう、行ってほしくない、と。

だが扉が閉まるその音が響くまでエステルはなにも言葉を発することができず、ぐったりとシーツの海に体を沈めて目を閉じた。

再びエステルが目を開けると、窓の外はもううっすらと暗くなっていた。

どれほど眠っていたのかとエステルは驚いて体を起こすが、まだあちこちが軋んで、うまく動くことができない。

再びシーツに体を落とし、カーテンが閉まっていない窓から見える夜空をぼんやりと見つめる。

「アンデリック様」

名前を口にすると、体が甘く痺れた。

酷いことをされ続けているのに、エステルの心はどんどんアンデリックに向かっている。

愛してはいけない、求めてはいけないとシーツにしがみついたところで、心は押さえつけることができない。

早く子どもが欲しかった。彼と永遠に途切れない繋がりが欲しかった。

子どもが無事に生まれれば、このやり場のない想いをすべて注ぐことができる。ジョルジュに注げなかった愛を捧げたかった。

(私は、なんて身勝手な……)

どこまでも自分本位な己の想いに苦しみながら、エステルは体をまるめてシーツに包まり、目を閉じた。


翌朝、まだ日の昇り切らないうちに目を覚ましたエステルは、久しぶりにベッドから下りた。体を清め身支度を整える。

一日眠ったことで、体力がずいぶんと回復していた。

乱れた寝室を整え、脱ぎ散らかされた服を掻き集め、皺だらけになったシーツを交換する。

浄化魔法のおかげで清潔さは保たれていたが、手触りが悪くなるほどもみくちゃにされたシーツは、これまでの日々を鮮明に思い出させる。

恥ずかしさを隠すように、エステルはわざと乱暴にシーツをまるめながら部屋を出て、早足で洗濯場へ向かった。

幸いにもベルタはおらず、自らシーツを洗う。

水を切ったそれを干すため、久しぶりに屋敷の外に出ると、日の光が眩しくて弱った体がよろめいた。

だがなんとか持ちこたえ、エステルはもたもたとシーツを干した。

真っ白なシーツが風に揺れる光景にほっと息をつき、空を見上げる。

明るい陽射しは体を温めるが、冷えた心にまでは届かない。

エステルは眉根を寄せながらも、早足で裏庭へ向かう。ずいぶんと長いこと花壇を放置していたことがずっと気がかりだったのだ。

もし枯れていたらという不安を抱えながら、辿りついた花壇。

エステルが種から育てた花々は、主の手がなくとも美しく咲いていた。

「まあ」

エステルは久しぶりに笑うことができた。

庭師が造りあげるような完璧さはなかったが、確かに自分が手をかけて育てた花たちが庭を彩るさまは、美しかった。

「きれい……」

咲いてくれてありがとう、と伝える代わりに花を撫でる。

その花びらと葉がしっとりと濡れていることに驚いてよく見れば、誰かが水をやってくれたのがわかった。

「奥様」

「！」

声掛けに驚いて振り返れば、ベルタがエステルと同じく驚いた顔をして立っていた。

「シーツが干されていたので、まさかと思って来てみれば。言ってくださればわたくしがしましたのに……」

「いいの。久しぶりに体を動かしたかったから」

「無理はなさらないでくださいね。まったくご主人様にも困ったものです。奥様が大切なのはわかりますが、あのようなご無体を」

「……大切だなんて」

そんなはずはない、とエステルは首を横に振る。

アンデリックが自分を抱くのは、憐れみと義務からだとエステルは思い込んでいた。彼が激情をぶつけてくるのは、自分の淫らさを怒っているからだろうとまで。

そんなエステルの様子に、ベルタは長いため息をつく。

「奥様。ご主人様は不器用な方です。しかし不誠実な方ではありません。あなたを真に伴侶と思っているからこそ、共に暮らし続けていらっしゃるのですよ」

ベルタが言わんとすることを理解できなかったエステルは、首を傾げた。

「このお花だって、奥様がお部屋から出てこられないからと、お世話をされておいでした。あのご主人様が魔法を使わず、手ずから水をやっていたのですよ」

「……！」

エステルは驚きの表情を浮かべ、再び花壇に目をやる。みずみずしい花びらや活き活きとした葉が、一日も水を欠かされなかったことを雄弁に語っているようで、アンデリックの気遣いを思い知らされた気がした。

こわばっていた心がわずかに解けるような思いがした。

「どんな行き違いがあって今のようになったのか、わたくしにはわかりかねますが、どうかご主人様が戻られたら、きちんとお話し合いをなさってください。お二人はどう見てもお話し合いが足りません。年寄りのいらぬお節介は、聞いておくものですよ」

優しいベルタの言葉に、エステルは泣いてしまいそうだった。

アンデリックに抱かれているのは、自らが抱える罪の意識を晴らすためなのだと思い込みたかった。けれど、それは言い訳だとずっと前に気がついていたのだ。

それを認める勇気がエステルには足りなかった。

しかしアンデリックが花を枯らすまいとしてくれていたという事実がエステルの心を強くする。

彼にすべてを打ち明けるべきなのかもしれない、と。

「旦那様……アンデリック様は、どこに?」

「なにか急ぎ調べることがあるということですが、どこへ行かれたのかはわかりません。ですが、必ず戻るとのことでしたので、心配せずに待っていましょう。さ、そろそろ戻らなければお体に障《さわ》ります。今日は風が冷たいですよ」

ベルタに促され屋敷に戻ろうとしたエステルは、もう一度花壇を振り返った。

咲き誇るカモミーユの美しさと鼻をくすぐる心地良い香りに、止まっていた時間が動き出すような予感がして、エステルは胸を高鳴らせた。

（話をしよう。アンデリック様にすべてを伝えて、彼に……彼に気持ちを伝えたい……）

アンデリックならば、ジョルジュを失ったエステルの心に理解を示してくれるかもしれない、という淡い期待が湧きあがる。

あの花が咲いたように、きっとやり直せる。そう信じたかった。

だが、それから数日が過ぎても、アンデリックが屋敷に戻ることはなかった。

＊＊＊

戻らぬアンデリックの行方に心が潰れそうになりながら、エステルは日々を過ごしていた。

花の世話をしながらも、心ここにあらずといったエステルの様子に、ベルタは気を揉んでいる様子だったが、お互いに不安を口にすることもなくただ時間ばかりが過ぎていく。

ある夜の日暮れ。夕餉《ゆうげ》の支度をしようとエステルがベルタと話していると、屋敷の門扉が乱暴に揺らされる音が聞こえた。

もしかしたらアンデリックが戻ったのかとエステルが表情に喜色を滲ませるが、次に響いたのは来客を告げるベルの音だった。

帰ったのが彼であれば、そんなものを鳴らす必要などない。

「何事かしら」

落胆と動揺に表情を曇らせながら、エステルとベルタは顔を見合わせる。

この屋敷にはアンデリックの防御魔法が施されており、屋敷の内側から開けない限り勝手に入ることはできない。そもそも、隠されているこの屋敷の存在を知る者は少ない。来客といえばパブロや行商人であったが、こんな時間に来るとは思えなかった。

どうするべきかと二人が思案していると、ベルの音に重なって誰かが叫ぶ声が聞こえる。

「道に迷った方でしょうか……？」

「ここを知らずに辿りつけるとは思えないのですが、可能性がないとは言い切れませんからね」

表情を険しくしたベルタがゆっくり立ち上がり、窓から外を確認する。

「馬車と男性が見えます……見たことがない馬車ですね。それにドレスを着た女性がいらっしゃるようです」

「まぁ」

女性がいるのならば、夜道で困っているのかもしれない。エステルは親切心から立ち上がり、ベルタと共に窓の外を覗き込んだ。

薄暗いせいではっきりと輪郭は見えないが、確かに馬車とその周りに人影があり、一人はドレス姿だということがわかる。

エステルは純粋に彼らの身を案じた。

「ベルを鳴らしていることですし、一度お話だけでも聞いてみましょう」

「奥様はお屋敷の中にいらしてください」

「いいえ、ベルタだけを外に出すわけにはいかないわ。一緒に行きましょう。ランプをお願い」

アンデリックが魔法で作ったランプは、油を燃やすものより明るく軽いうえに、落としても危険がないのでベルタやエステルは重宝していた。

外に出ればすでに空の半分は星空で薄暗く、足下に気をつけながらランプの灯りを頼りに門扉のほうへ向かう。

門の向こうの人影たちも、エステルたちが出てきたことに気がついたのか、騒ぐのをやめ「おおい」と呼びかけてきた。

その声に聞き覚えがある気がして、エステルは足を止める。

「こんな時間にどなた様でしょうか」

ベルタが人影に呼びかけながらランプでその姿を照らす。

「……っ！」

エステルは息を止めた。もしかしたら心臓まで止まっていたかもしれない。

ベルタは彼女が自分の背後で動きを止めたことなど気がついていないのだろう、門扉を揺らし続けている無作法なその人たちに話しかけていた。

「使用人では話にならないわ。主を呼びなさい。ここに私の妹がいるのよ」

甲高く高圧的な声に、エステルは手のひらに爪が食い込むほど強く手を握りしめる。

「いいから開けなさい！　私を誰だと思っているの、妹を——エステルを呼びなさい!!」

「落ち着いて、ラシェル。そんなに怒っては体に障《さわ》るよ」

叫ぶドレス姿の令嬢とそれに寄り添う青年。

それはエステルの姉ラシェルと、その婚約者クロードであった。

「あら、久しぶりねエステル……ずいぶんと元気そうじゃない」

ラシェルはベルタの背後で固まっているエステルに気がつくと、美しい顔にいびつな笑みを浮かべた。

言葉だけなら妹を気遣う姉のものだが、ラシェルの表情もその声音(こわね)も、エステルの様子が気に食わないということを隠してすらいない。

わずかに宝石のように光る瞳を細め、じろじろと不躾な視線でエステルを上から下まで眺めまわしている。

見ず知らずの人間であれば追い返すなり、庭先で話をするだけで済むところだが、姉とその婚約者だとわかった以上、そうもいかない。

アンデリックに許可を得ず人を入れてよいのかという迷いはあったが、断る理由も思い浮かばず、エステルは沈んだ気持ちのまま二人を屋敷に招き入れた。

ずかずかと屋敷に入ってくるラシェルとクロードに、エステルは自分の大切なものが汚されていくような思いがした。

客間に灯りを用意してくると言ってベルタがその場から離れてしまうと、三人だけが静かな玄関ホールに残される。

「お姉様……どうしてここへ」

エステルは二人から目線をそらしたまま、震える声で問いかけた。

「どうしたもこうしたもないわ。勝手に輿入《こしい》れをしたかと思ったら数ヶ月音沙汰なし。あなたが婚家で酷い目に遭っていないか確認しに来たのよ」

「な……」

すべてエステルとこの家が悪いようなもの言いだ。

さすがにそれは言葉がすぎると、ラシェルをまっすぐに見つめた。

「私の結婚はお父様が決めたことです。それに私は、この家で十分大切にしていただいています」

「なんですって⁉」

ラシェルはエステルに言い返されるとは思っていなかったのだろう。

自分をまっすぐに見つめる妹の視線に一瞬たじろぐと、美しい瞳をきっと吊り上げ、唇を震わせる。

「お、お前、いったい誰に向かってものを言っているの！」

「ラシェル、きっとエステルは照れているんだよ。久しぶりの再会だ、仲良くしようじゃないか」

エステルに掴みかからんばかりの勢いのラシェルを制したのは、クロードだ。

「久しぶりだねぇエステル。結婚おめでとう。お祝いが遅くなったことを心からお詫びするよ。あんなかたちで別れてしまったことが、僕もラシェルもずっと気がかりだったんだ」

ねっとりとした言葉遣いと、気味が悪いほど腰の低い態度にエステルは動揺する。ラシェルの肩を抱きながらも、クロードの視線はエステルの体を無遠慮に眺めまわしていた。その視線にこもるいやらしさに、エステルは身を固くする。腹の奥から這いあがってくるような恐怖に眩暈《めまい》がしそうだった。

「奥様、ここは冷えます。お話の続きはお部屋でどうぞ」

戻ってきたベルタの声がなければ、エステルはその場に倒れていたかもしれない。ベルタはエステルの手を取り、冷たくなったその手を温めるように包んでくれた。

「行きましょう」

「……ええ」

ラシェルたちを無視するように歩き出す二人に、ラシェルはますます眉を吊り上げた。

「エステル！　お待ちなさい!!」

「ラシェル、そんなに興奮してはいけないよ。ほら、落ち着いて」

犬のように吼《ほ》えるラシェルを、クロードが必死に宥める。

エステルはそんな二人が気になって仕方がなかったが、ベルタは無視しなさいとでも言いたげな視線でエステルが立ち止まりかけるのを諌めた。

「いけません奥様、弱気なところを見せては。こんな時間にここに押しかけてくるなど、おかしいではありませんか」

小声で告げられた忠告に、エステルは息を呑む。

この屋敷の場所は限られた人間しか知らないはずなのに、なぜ姉たちは辿りつけたのだろうかという疑問がようやく浮かび上がった。

突然やってきた理由もわからず、エステルは言葉にできない不安に体を震わせる。

ベルタが急ごしらえで灯りをともしてくれた客間はほんのりと暖かく、エステルはこわばっていた体から力を抜くことができた。

普段はアンデリックが使っている椅子に腰掛け、その向かいのソファに当然のような顔をして並んで座るラシェルとクロードと向き合う。

アンデリックの匂いが残る椅子に座ったことで落ち着きを取り戻したエステルは、ようやく二人の顔をまともに見ることができた。

(お姉様……少し痩せたかしら)

溢れんばかりの美しさを誇っていたラシェルの顔には、どこか疲れが滲んでいた。あんなに怖かったはずなのに、目の前のラシェルからはかつての威圧的な雰囲気を感じない。

むしろ、隣にいるクロードの視線のほうがエステルには不気味に思えた。

以前は紳士ぶった笑みで取り繕った仮面を被っていたのに、今のクロードは好色さを隠す気はないのか、エステルの全身を舐めるように眺めている。

数ヶ月前、彼に押し倒され体をまさぐられた記憶がよみがえり、エステルは急いでクロードから目をそらした。

この場にはラシェルもベルタもいるし、ここはエステルの婚家だ。さすがになにかしてくることはないはずだと自分に言い聞かせる。

「……少し会わない間に生意気になったわね、エステル。夫を得たからといっていい気にならないで」

ラシェルの言葉にはあからさまな棘《とげ》があった。

「別にいい気になってなど……」

「結婚に関してはお父様の指示だったから仕方がないとはいえ、手紙のひとつも書かないなんて親不孝にもほどがあるわ」

「それは……」

手紙を書こうと思わなかったわけではなかったのだ。

だが、果たしてなにを書けばいいのかという迷いが、綴る言葉を失わせた。

それは、これまで共に暮らした日々の中、エステルがどんなに体を案じ、季節折々の出来事を語っても「煩《わずら》わしい」という態度を崩さなかった両親が作り上げた壁のせい。

彼らに対する希望など、エステルがもう持てるはずもなかった。

手紙を送ったところで、読まれることも、喜ばれることもない。

子どもが無事に生まれれば、その報告だけすればいいと思っていた。

「お父様がせっかく便りを出したのに返事もしなかったでしょう？　酷い娘だと怒っていらしたわ」

「……っ」

エステルをなじる父の言葉と冷たい母の視線を思い出し、エステルは体を固くした。

「……結婚した後、私とは縁を切るとお父様はおっしゃっていたので」

「それを真に受けて？　ずいぶん子どもっぽいこと。まったくもってお前は駄目ね」

「ここのことはあまり外に漏らすなと言い付かってもいました」

「ふうん……だとしても、お前の近況報告ぐらいはできたでしょう？　それともあなたの夫は実家に手紙を出すことも許さないほど狭量なのかしら」

「そんなことはっ」

夫であるアンデリックが悪いかのようなラシェルの言葉に、エステルは顔を上げる。

顔色を変えたその様子に、ラシェルは攻撃の糸口を見つけたとでも言うかのように意地の悪い笑みを浮かべた。

「あらあら。お前のような女を妻にするしかなかった男ですものね、きっと醜くつまらない男なのでしょう。本当にかわいそうなエステル」

あまりの言葉に、エステルは反論する声さえ失った。

普段ならばラシェルの言葉に傷つき顔を伏せるところだが、エステルの頭を占めているのは激しい怒りだ。

ラシェルはそれに気がつく様子はなく、さらに語気を強めていく。

「婚約者候補に散々逃げられた方なんですって？　いくら魔力が強くても、それじゃあ貴族として落ちこぼれだわ。お似合いよ、と言ってあげたいところだけど、私は優しい姉だからね。今ならお父様にとりなしてあげるから、さっさと離縁して家に……なによその顔は」

興が乗ったのかべらべらと喋っていたラシェルは、自分を睨みつけているエステルの表情に気がつき言葉を止める。

「お姉様、私のことだけなら我慢できますが、私の夫を侮辱するような発言は許せません」

「……言うようになったじゃない」

「アンデリック様は素晴らしい方です。私のことを受け入れてくださる……優しい方です」

エステルはアンデリックを想い、頬を紅潮させながらそう口にした。

今はいびつな関係になってしまったが、エステルにとってアンデリックは、なにものにも代えがたい存在だ。

美しく優しい、エステルにとって一番大切な人。

彼を侮辱するラシェルの言葉で、エステルはアンデリックへの深い想いを自覚した。

もう誤魔化すことも隠すこともできないと。

「なっ……!!」

ラシェルの表情が一変する。それは怒りと憎しみで塗り固められたような恐ろしい顔だった。

怒りにまかせ勢いで立ち上がったラシェルがなにかを叫びかけるが、それをクロードが制する。

「ラシェル。いくら妹を奪われて悔しいからって、人の夫君を貶《おとし》めるような発言は淑女としていただけないよ」

ラシェルの肩を抱き、その耳元に囁きかける声は人前とは思えないほど甘い。

怒りで形相を変えていたラシェルの表情がゆるみ、エステルではなくクロードをうっとりとした顔で見つめた。

「ああ、クロードごめんなさい。私ったらつい」

「エステル、許してあげておくれ。実はラシェルと僕の結婚式の日取りが決まったんだ。それなのに君に知らせる手段がないことで少々取り乱してね。マリッジブルーというやつさ。それで無理を言って君に会いに行く許可を得たんだよ」

許可、という言葉の違和感にエステルは引っかかる。

この屋敷は様々な方法で隠されている。詳細な場所を知らなければ辿りつけないはずだ。

父から届いた手紙ですら城の、パブロを経由したものだった。両親すら知らないのに、彼らはどうしてここに来られたのだろう。

「……許可とは、どなたに」

震える声で尋ねたが、クロードは意味深に微笑むだけで答えない。

言い表せない不安に襲われ、エステルは二人をじっと見つめる。

「とにかく、君が元気そうで安心したよ。望まぬ結婚で酷い目に遭っているのではと気が気ではなかったが、とても健勝そうでよかった。ラシェルを許してくれ。君に会わせてもらえない不安でつい気が立っていたようだ」

ずいぶんと饒舌に喋るクロードの不気味さにエステルはますます戸惑うが、言い返すだけの言葉も見つからず、違和感の正体も掴めない。

「お二人のお気遣い感謝します。私はこの通り元気に過ごしておりますので、ご心配なく」

「僕たちの結婚式はもうすぐなんだ。当然、帰ってきてくれるよね」

「それは」

「お前、まさか嫌だとでも言うの？　それにもうすぐあの子の誕生日なのよ！　まさか、本気で私たちと縁を切ったつもりなの？」

追い出したも同然だというのに、なにを言っているのだろうか。エステルは信じられない思いでラシェルを見た。

そもそもエステルがジョルジュのことで心に重い枷を背負ったのは、ラシェルの行動が原因だ。エステルが家を追われたのも。

なのになぜ、すべてエステルが悪いかのような口ぶりであの家に連れ戻そうとしているのだろうか。

エステルは目の前の二人に言い知れぬ恐怖を感じた。

「……夫が不在なので私の一存では答えられません。もう遅いですから、今夜はどうぞゆっくりお過ごしください。けれど夜が明け次第、お帰りくださいませ」

これ以上、二人と同じ空間にいるのは耐えられなかった。

話したくないという態度を隠さずに立ち上がり、二人を置いて客間を出る。

「待ちなさい！」

ラシェルがなにか叫んでいるが、エステルは足を止めない。

心配そうな顔をしているベルタに「二人に客室をお願いします」と告げるだけで精一杯だった。

エステルが逃げ込んだのは自室ではなく、アンデリックの部屋。

積みあがった本と紙とインクの匂いは、彼に包まれているような気がして、エステルは自分の体を抱き締めて床に座り込み、体の震えが治まるのを待った。

「大丈夫……大丈夫よ……」

何度も自分に言い聞かせてから、這うようにして夫婦の寝室へ向かったエステルは、寝台に倒れるように滑り込んだ。

真新しいシーツに包まれながら、アンデリックを想った。

この部屋で彼に抱かれている間だけ、エステルはただのエステルでいられた。早くまた抱いてほしかった。

アンデリックの指先を思い出し、自らの体に触れてみる。

胸の尖りを撫で、下着の中に指をもぐらせるが、体が熱を持っても心は晴れない。結局、中途半端に熱を持て余しただけで、エステルはやり場のない虚しさで涙を滲ませるだけに終わった。

「アンデリック様ぁ……」

今はここにいない夫を待ち焦がれながら、エステルは夢の世界へ落ちていった。

カタン、と物音がして沈んでいたエステルの意識が浮上する。

アンデリックが帰ってきたのかと瞼《まぶた》を開けるが、あたりはまだ暗く、夜は明けていない。

気のせいかと再びベッドに沈みかけたとき、ベッドがギシリと嫌な音を立てたことで完全に覚醒した。

体が嫌というほど覚えているアンデリックの遠慮がちな動きとは違う、乱暴でもっと大きななにかがベッドに乗っている。

「なにっ⁉」

悲鳴に近い声を上げて体を起こしたエステルが見たのは、ベッドに這いあがろうと上半身をかがめて薄ら笑みを浮かべたクロードだった。

「部屋にいないから探したよ、エステル。夫が不在でも夫婦の寝室を使うとは、ずいぶんしつけられたものだね。君の処女を奪えなかったのは残念だが、人妻となった君を抱くのはもっと楽しそうだ」

クロードの笑みと言葉には、嗜虐と欲望の色が深く滲んでいた。シャツの前をはだけながら、ゆっくりとエステルのほうに近寄ってくる姿は、大型の肉食獣のように見えた。

エステルは恐怖で言葉を失い、体をこわばらせた。

「以前はただの小動物のようだったが、今の君はしっとりとした色気のあるいい女だとわかるよ。よっぽど可愛がってもらっているようだね」

エステルが声を上げないのをいいことに、クロードは無遠慮な動きで大きなベッドを這い、硬直したままのエステルとの距離を詰めてくる。

シーツの中で身をちぢこまらせ、どうにか逃げなければとエステルは必死で考えるが、あまりのことに体が凍りついてしまい、なにもできない。恐怖のあまり、勝手に滲んだ涙が白い頬を濡らした。

「ああ、君の泣き顔はやはりとてもいい。あの日邪魔さえ入らなければ、泣き叫ぶ君を奪えたのに」

「ヒッ！　い、いや……こないで!!」

けだものめいたクロードの言葉と表情に、エステルはようやく叫ぶことができた。

身をひるがえし、ベッドから逃げようとするが、クロードの手がエステルの足首を掴む。

簡素なワンピースしか身に着けていないエステルの脚はむき出しになり、艶やかな肌がクロードの眼下に晒される。

「君の夫はずいぶんとこの体にご執心のようだ」

「いやぁぁぁっ‼」

クロードの手がエステルの太ももを撫でる。そのざらざらとした不躾な感触と動きにエステルは叫んだ。

そこにはくっきりとアンデリックがつけた赤い印が無数に残されている。

クロードはそのひとつひとつを確かめるように指を這わせはじめた。

「やめてくださいっ！　あなたには、あなたにはお姉様がいらっしゃるのよ‼」

「ああ、ラシェルは当然このことを知っているよ？　あの日だって、誰とも経験しないままに花盛りを終えそうな君が不憫だからと場を用意してくれたんだ。今日だって、君が夫に酷い扱いを受けているだろうから慰めてやってほしいってね」

「なっ……‼」

姉がこの残酷な仕打ちに関わっていたという事実は、エステルの胸を切り裂いた。

姉は、ラシェルは何度エステルという人間を踏み潰せば気が済むのだろうか。

「そんな……ひ、どい……わ、私は夫と静かに暮らしているだけです!!　あなたに慰めてもらう必要などありませんっ!!　離して!!」

「うん……どうやらそれは事実のようだ。だが、僕はもう君に慰めてもらわないと気が済まない状態なんだよ」

「…………っっ!!」

クロードはエステルの足首を掴んで引き寄せ、その足裏を己の股間に押し当てた。服越しに感じるそのおぞましい強度と存在感にエステルは息を止めた。

ようやく目が闇に慣れ、のしかかってくるクロードの欲望にぎらついた瞳と生温かい吐息に、エステルは絶望と怒りを湧かせた。

「いやぁぁぁ!!　やめてっ!!　離してぇぇぇ!!」

力の限りエステルは叫んだ。手足を必死で動かし、素肌に触れようとするクロードを必死に阻む。

しかししょせんは女の抵抗だ。

クロードはその抵抗すら楽しむかのように笑いながらエステルの両手を掴むと、押さえつけ腹の上に馬乗りになった。

男の体にのしかかられたエステルは苦しさに呻《うめ》き声を上げるが、クロードは容赦なくその顎を掴んで自分に視線を向けさせた。

「この前といい、追い詰められるとずいぶんと大きな声が出るんだな。だが、残念ながらこの屋敷にはあの老婆しか君の味方はいないよ？　まあ聞こえたところでなにもできないだろうが」

その口調に含まれるあからさまな悪意に、エステルは目を見開く。

「ベルタに、彼女になにをしたんですか!!」

「別に。少し眠ってもらっただけだよ。君も、夫以外で喜ぶ様子なんて見られたくないだろう」

「なっ、いやぁぁぁぁ!!」

ビリッ、と引き攣れた音がしてエステルの胸元を包んでいた布が破かれる。

あらわになった鎖骨まわりの素肌には太もも同様にくっきりと赤い痕が散っており、クロードは楽しげに眼を細めた。

「これはこれは、上書きが楽しそうだ」

そう言って笑いながらクロードが身はかがめ、エステルの素肌に彼の息がかかった。

「アンデリック様ぁぁぁ!!」

助けて、そしてごめんなさい、とエステルは力の限り叫ぶ。

アンデリック以外の男に体を触れさせてしまった自分が情けなく、汚らわしく許せなかった。

悔しい、悲しい、苦しい。エステルの思考が真っ黒に染まった。

だが、身構えるエステルの体は途端に自由になる。

「うあわぁぁ！」

惨めな悲鳴を上げながらクロードの体が突然浮き上がったのだ。

クロードは部屋の隅まで飛ばされ、そのまま床に叩きつけられた。カエルが潰れたような醜い音が聞こえた。

「俺の妻になにをしている」

部屋の中に響いた低い声に、エステルは涙を溢れさせた。

ずっと聞きたかった声。恋しくて、愛しくて、誰よりも大切な人の声。

「アンデリック様……！」

床に叩きつけられ、無様に倒れ込んでいるクロードをまっすぐに見下ろす、アンデリックがそこにいた。

「エステル、この男は何者だ。なぜ屋敷に他人がいる」

アンデリックはクロードから視線をそらさぬままに、エステルに問いかける。

床に這いつくばっているクロードは叩きつけられた衝撃で呻《うめ》いており、自分を見下ろす人物が誰かわからず混乱している様子だった。

エステルはしばらく迷った後、意を決して口を開いた。

「彼は……姉の、婚約者です」

「なるほどな……貴様、なぜここにいる。ここは俺と妻の寝室だ。扉の外にいた女はお前の連れか？」

「なっ！」

アンデリックの言葉にクロードの顔色が変わり、なんとか体を起こそうともがきはじめる。

エステルもまた、その言葉が意味するものに気がつき青ざめた。

「お、お姉様が、外に……？」

クロードの言葉を信じたくはなかったのに、部屋の外でラシェルが聞き耳を立てていたという事実は、わずかに残っていた姉への信頼を打ち砕くには十分すぎるものだった。

失望と絶望の混ざり合った瞳で、エステルはクロードを見つめる。

彼はなんとか這って逃げようとしているのか、痛む体を引きずりながら起き上がろうとしていた。

「我が家のメイドを気絶させ、覗き見するような下品な女がお前の姉とは信じられんな」

「!!」

「早く行ってやらねば、お前の婚約者とやらは死ぬぞ」

「ら、ラシェルっ……!!」

アンデリックの言葉に、クロードはあたふたと部屋の外へ走っていく。

後を追うでもなくその様子を横目で見送ったアンデリックは、ベッドの上で体を庇うように抱き締めたまま固まっているエステルへ素早く近寄ると、その肩を抱き、涙で濡れた頬を撫でた。

「……無事か?」

その優しい声音《こわね》に、エステルは再び涙を溢れさせた。

温かな彼の体温と息遣いが、これが夢でも幻でもないことを伝えてくる。

「アンデリック様っ、アンデリック様ぁ」

我慢できず、エステルはアンデリックの腕にすがりついた。背中に手を回し、隙間なく抱き着く。

そこにいる愛しい人のすべてを確かめるように力を込めれば、アンデリックもまたエステルの体を強く抱き締め返した。

「君が無事で本当によかった」

絞り出すような声でアンデリックは呟き、エステルの髪を撫でた。

その腕の中でエステルは幼子のように泣きじゃくった。

助けてくれた、戻ってきてくれたという喜びと安堵で胸がいっぱいで、エステルは帰ってきたら告げようと思っていた言葉のほとんどを涙と共に流してしまう。

「ごめんなさい、ごめんなさい、アンデリック様、私は、わたしはっ」

「……いいんだ、エステル。大丈夫だ、俺はすべて知っているから」

「え……」

アンデリックの優しい瞳と言葉に、エステルが言葉を詰まらせた。

サファイアの瞳が静かに彼女を見下ろしている。

二人の間に穏やかな空気が流れるが、それは男の悲鳴により切り裂かれた。

「ラシェルっ！　あああラシェル!!」

「……クロード？」

取り乱したその悲鳴にエステルが眉をひそめれば、アンデリックは忌々しいとでも言いたげに舌打ちする。エステルの体に自分の外套《がいとう》を巻きつけ、肩を抱いて立ち上がらせた。

アンデリックに支えられ夫婦の寝室を出ると、廊下の壁にもたれかかるようにして座っているベルタが見えた。

そこには同じく床に倒れ込んだラシェルとそれを抱き起そうとするクロードもいたが、エステルは二人を無視してベルタのほうへ駆け寄る。

「ベルタ!!」

呼びかけても反応はないが、そっと触れた肩は温かく、呼吸もちゃんとあるのがわかった。だが意識がないことで、エステルは不安に胸を苦しくさせる。

「大丈夫だ。意識は失っているが、怪我もない」

「ああ、よかった……」

「なにがよかっただ!!　自分の姉のことはいいのか!!」

「っ」

クロードの怒声に、エステルは弾かれたように彼らのほうへ視線を向けた。

ラシェルはクロードの腕の中で不気味なほどに顔色を青くし、苦しげな表情のまま意識を失っているようだった。

何事があったのかとエステルがアンデリックに視線を向ければ、彼は冷酷な視線で二人を睨みつけていた。

「心臓は動いているのに体は死人のように冷えている！　お前、ラシェルになにをした‼」

「我が家に侵入した不届き者に制裁を加えたまでだ」

「不届き者だと⁉　彼女は君の妻の姉だぞ！」

「主である俺の知らぬ存在は客ではない。それに、姉とは夜中に妹の寝室に男を送り込み、メイドに危害を加える生き物なのか。俺が戻ったとき、その女は我が家のメイドを殴りつけていたぞ」

「なっ！」

淡々とした口調で語るアンデリックを見つめていたエステルは、衝撃に震えながら再び二人に視線を戻す。

「俺は自分の家族を守っただけだ。咎められるいわれはない。だが、この女が本当に妻の姉だというのならば命は救ってやらねばなるまい。エステル、こいつの言葉は事実か」

エステルは咄嗟に頷くべきか迷った。

先ほどクロードが語った言葉とアンデリックに知らされた事実が本当ならば、ラシェルはエステルの尊厳だけではなくベルタにまで危害を加えたことになる。

認めたくないという考えが頭をかすめた。

「エステル！　頼む、このままではラシェルが!!」

クロードの必死の呼びかけに、エステルは唇を噛んだ。

どんなに憎く酷い相手だとしても、ラシェルは姉に違いないのだ。

様々な感情を押し殺し、エステルはゆっくりと頷く。

その頷きに一瞬だけアンデリックは眉をひそめるが、仕方ないとでも言いたげな緩慢《かんまん》な動きで腕を振るった。

すると、青白かったラシェルの頬に赤みが戻り、体を軋ませるほどに咳き込みながら意識を取り戻した。

「ツア、カッ……ゲホッ、ゲホッ……ば、ばけものがっ……ひっいいいっっ!!」

意識を取り戻したラシェルは取り乱した様子で、自分を抱き締めるクロードにしがみついた。

「あの子は、エステルはどこなの!!　この家にはばけものがいるわ!!　あの子、おかしいわよ!!」

金切り声を上げて叫ぶラシェルに、エステルは、ああ、これは間違いなく姉だと悲しい確信を得た。

失敗も苦しみもすべての原因はエステルだと、彼女はいつだってこうやって名指しでエステルをなじるのだった。

これまでの日々が嫌でもよみがえり、心も体も凍りつきそうになっていく。

「うるさい女だ。ここは俺の屋敷、貴様らこそなんの用だ」

エステルのそばに戻ってきたアンデリックはその肩を抱き、引き寄せる。

アンデリックのぬくもりが、闇に堕ちそうになるエステルを支えた。

「お前の屋敷ですって……!? では、お前がエステルの夫だとでも……!?」

「だったらなんだと言う」

「つ、角の生えたばけものと私の妹は結婚したというの! 信じられないわっ!!」

目覚めたばかりだというのに、どこに体力が残っていたのか、ラシェルは大声で喚きたてる。

クロードもラシェルの指摘で、アンデリックに生えた角の存在に気がついたようだ。

恐怖に顔を引き攣らせ、アンデリックを凝視している。

（なんて醜い）

その表情で、エステルはこれまでアンデリックが周りからどんな視線を向けられていたのかを思い知った。

エステルはアンデリックにある角を恐れたことも奇怪だと思ったことも、一度たりともなかった。

だが、彼がずっとこんな扱われ方をされていたのだと知ったエステルの胸は痛いほどに締めつけられる。

「彼は、アンデリック様は人です。お姉様方こそ、なんて酷いことを。本当に人ですか!!」

気がつけばエステルは声を張り上げていた。

「なっ、お前、エステルの分際で私になんて口をきくの!!」

「ここは私たちの家です！　勝手に押しかけて、こんな、こんな……」

エステルに乱暴をしようとしたクロードと、それを許しあまつさえベルタに危害を加えたラシェルたちへの怒りが弾ける。なにより許せないのは、アンデリックに対する暴言。

もう、我慢の限界だった。

「許さないわ!!　絶対に許さない!!　出ていって、二度とここへ来ないで!!」

ここはエステルにとってはなにものにも代えがたい居場所だ。

二人に汚されていい場所なんてひとつもない。

ようやくアンデリックに向き合って、ここで一緒に暮らしていこうという思いになれたのに。なにもかもを打ち明け、共に生きていきたいと伝えたかったのに。

台無しにされた。ようやく育てた花を土足で踏み潰されたような悔しさと悲しさで、エステルは泣いていた。

「な、なにを急に……」

ラシェルは感情をむき出しにしたエステルに、戸惑いを隠せない様子だ。

クロードも同様に、叫ぶエステルの様子にただならぬものを感じているらしい。

「出ていって!!　出ていってよぉぉぉ!!」

今にも二人に掴みかかりそうなエステルの体をアンデリックが抱き締め、押さえ込んだ。

「落ち着きなさい、エステル。こんな連中のために君が泣く必要はない」

「でも、でも、アンデリック様……」

「君の縁者だとしても、この二人のしたことはれっきとした犯罪だ。城に連絡して兵士を寄こしてもらうとしよう」

兵士、という言葉にラシェルとクロードは顔色を変えた。

「な、なにもそこまでことを荒立てなくても」

「ぼ、僕は酔っていたんだ！　ラシェルとエステルを間違えたんだよ！」

「そ、そうよ！　私もちょっと迷ったからメイドと言い争いになっただけよ!!」

二人は次々に言い訳を口にするが、どれも苦しいものだ。

アンデリックはその言葉のどれにも耳を貸す様子はなく、冷ややかな視線を向けていた。

「いい加減、黙れ」

「「ぎゃぁぁあっ」」

アンデリックが唸るように呟くと、二人が同時に悲鳴を上げた。

二人の手が氷塊に包まれたのだ。

重みと衝撃で床に転がり、突然凍りついた己の手の惨状にのたうちまわる。

「そのまま首から下を氷漬けにしてやろうか。それともそのうるさい舌を凍らせるべきか」

「いやぁぁ、手が、手が、手がぁぁ!!」

「冷たい、ああ、痛い、ぐあぁぁ!!」

「よくも俺の妻を傷つけ泣かせたな」

静かだがどこまでも冷ややかで恐ろしい声に、もがいていた二人は動きを止め、恐怖の涙でぐしゃぐしゃになった醜い顔でこちらを見る。

その様子に、エステルは胸の奥につかえていたなにかがすとんと落ちたような気がした。

なぜこんな人たちにずっと怯えていたのだろうと、薄く自分を包んでいたベールが剥がれたように視界が広がる。

「旦那様、やめてください。もういいです」

さらになにかをしようとしたアンデリックの手に、己の手をそっと添え、エステルは首を横に振った。

アンデリックはそれを不思議そうに見つめ返したが、すぐに「わかった」と短く答え、腕を下ろす。

「お前がそう望むなら、俺はもうなにもすまい」

パチン、とアンデリックが指を鳴らせば、ラシェルとクロードの手を包んでいた氷がゆるやかに溶けていく。

二人はああ、と安堵の息を零しながらも、氷漬けにされていた指先は真っ青で、細かく震えていた。

「この先、その手がまともに使えるとは思わぬことだ。エステルが望むから俺はもうなにもしないが、お前らは兵士に引き渡す。我が家を荒らした罪は償ってもらうぞ」

その言葉が聞こえたのか、二人は床に座り込んで泣くことも言葉を発することもなく、うつむいたまま静かに気を失った。

倒れ込む二人を見つめ、エステルは迷う。

彼らの身柄を引き渡したらどうなるのだろう、と。実家の両親は？　自分の身に起こったすべてもつまびらかにされてしまうの？　と言葉にできない不安と混乱で眩暈《めまい》を起こしそうだった。

「エステル」

そんなエステルを支えるようにアンデリックはその肩を優しく抱く。

「大丈夫だ、俺がついている。君を苦しめるものから、解放してあげるから」

だから、と続けようとしたアンデリックだったが、ベルタが「うう」と呻《うめ》いて意識を取り戻しかけたことで会話は途切れた。

ベルタは夫婦の寝室に侵入しようとするラシェルとクロードを見咎め、注意しようとしたところを、なにか薬品を嗅がされて意識を失ったのだと教えてくれた。

眠り薬の一種だったようで、アンデリックが回復魔法をかけたことで完全に意識が戻った。服を破かれたエステルを見たベルタは目を見開き、意識を失ったままのラシェルとクロードを蹴り飛ばすほどに元気になった。

ベルタに手伝ってもらいエステルが服を着替えている間に、アンデリックは二人を縛り上げ物置に放り込んだ。

夜は冷えるが、死ぬことはないだろうというアンデリックの言葉に、ベルタは「外に吊るしておけばよかったんですよ」と眉を吊り上げ、エステルは彼らに必要以上の危害を加えなかったアンデリックに感謝した。

ベルタが体を休めるために自室に戻ると、ようやくエステルとアンデリックの二人だけになる。

先ほどまでの騒動が嘘のように静かな部屋の中、エステルはどんな顔をしてアンデリックに声をかければいいのかわからず立ち尽くした。

「あの……」

「なんだ」

こわごわと呼びかけた声に答える声は、柔らかく静かだ。

エステルはゆっくりとアンデリックを見上げた。サファイアの瞳が静かにエステルを見下ろしている。その優しい色味に、エステルはすべての我慢を忘れ、ぼろぼろと大粒の涙を零した。

「あなたが好きです」

もっと他に伝えるべき言葉や感謝があったはずなのに、唇から溢れたのはありふれた告白だった。

「わ、私は愚かな女です。あなたに大切にしていただく資格もない。でも、私は、私は……あなたが好きです……」

「エステル」

エステルの細い体をアンデリックが掻き抱いた。

腰を抱き腕の中に収めると、大きな手でエステルの後頭部を包み込むように引き寄せ、唇を荒々しく奪う。

深く長い口づけが離れる瞬間に、吐き出したお互いの熱い呼吸が濡れた唇をくすぐった。

サファイアの瞳がひときわ輝き、涙で濡れたエステルをまっすぐに見つめている。

「資格など必要ない。誰がなにを言おうとも、君は俺の妻だ」

エステルはますます涙を溢れさせる。

その涙をアンデリックは指先で掬い上げ、もう泣くな、と呟いた。

大きな手がエステルの髪を撫で、涙で濡れた頬を優しく拭う。

「目が、腫れている」

瞼《まぶた》を辿るように動く指の感触が心地良くて、エステルは触れられるがままに目を細めた。

目線が合う度に口づけを交わすが、それ以上先に進む気配はなく、二人はぬくもりを確かめるように触れ合う。

その合間を縫うように、エステルは己の身に起きたこれまでの出来事をアンデリックに告白した。

弟の誘拐現場に居合わせ、家族からその責任をすべて背負わされ、自分を追い詰めていたこと。

姉の婚約者であるクロードに襲われたが、それすら誘惑したと罪を着せられたこと。

修道院に入るはずだったが、魔力持ちが生まれる家系であることからパブロに選ばれ、ここに来たこと。

この屋敷での暮らしが心地良く幸せで、このまま過ごしたいと思っていたが、父の手紙で幸せになることは許されないと思い出したこと。

子どもを産むためにここに来たからには、アンデリックに気持ちを寄せてはいけないと自分に言い聞かせ、すがる勇気が持てなかったこと。

まとまりのない話ではあったが、アンデリックはただ静かにエステルの告白を聞いていた。

時折、言葉を詰まらせ涙を溢すエステルを慰め、その背中や頬を撫でながら「大丈夫だ」と優しく囁いた。

すべての告白を終えたエステルは急に怖くなる。

誰かに打ち明けたことなど一度もなく、すべて自分が背負うべき咎《とが》だと思い込み、この結婚は贖罪《しょくざい》だと信じていたことが、急に滑稽で無意味なことのように思えた。

これ以上アンデリックになにを伝えればいいのかもわからず、ただまっすぐに目の前のサファイアの瞳を見つめた。

その瞳が、困ったように微笑む。

「俺も、君に謝らなければならないことがある」

「……？」

「君の……君の日記や手紙を見たんだ」

「……！」

アンデリックの言葉にエステルはサッと顔色を変えた。

日記にはアンデリックと過ごす日々を幸せに思う感情を思いのままに綴っていたし、ジョルジュへの後悔や謝罪の言葉もたくさん書いてあった。それにあの父親からの酷い手紙。

隠し事をすべて暴かれてしまったも同然のエステルが戸惑っていると、アンデリックはさらに続ける。

「君がどんな境遇であったかは、もう知っていたんだ。酷い話だ。君になんの罪がある」

「アンデリック様……？」

「城から帰った後、君の態度が急に変わっていた。素直になれなかった俺にとうとう愛想を尽かしたのかと、怖くてたまらなかった。でも、君がそう簡単に変わるとは思えなかったんだ。だから無断で秘密を暴くような真似をしてしまった。本当にすまない」

「あ……あ……」

怒るべきなのだろうが、恥ずかしさと驚きが勝り、エステルはうろたえるばかりだ。

「日記の中で、君がここでの暮らしに幸せを感じてくれていることを知って、俺がどれだけうれしかったと思う？　エステル、君は俺を優しいと言うが、俺は君以上に優しく美しい人を知らない。君に出会えたことこそが、俺の幸せだ」

「う……」

アンデリックの熱烈な告白に、エステルは顔をくしゃりと歪めた。震える華奢《きゃしゃ》な体をアンデリックは強く抱き締め、愛しげにその背中を撫でる。

「君はなにも悪くない。悪いのは君に罪をなすりつけた姉と、君を憎むことで己の感情を誤魔化した君の両親だ。なぜ、君が罪を償わなければならない」

「それは」

「本当はわかっていたんだろう？　君は反抗してもいい立場だった。でもそうしなかったのは君が優しすぎたからだ。君は目の前で弟を失ったことにショックを受けた。その苦しくて、行き場のない心を、自分は罪人だから仕方がないと思い込むことで誤魔化してしまった。君の家族が、君を責めることで安寧《あんねい》を手に入れたように、君は自分を責め続けることで自分を守るしかなかったんだろう」

「どうして……どうしてアンデリック様は……」

　自分がずっと抱えたまま言葉にできなかった弱い心すら言い当ててしまうのだ、とエステルはアンデリックの胸に鼻先を押しつけ、涙を隠す。

　しかしアンデリックは、自分を見ろとでも言うようにそんなエステルの顎に手をかけ、自分のほうへ視線を向けさせた。

　そして、泣きすぎて赤く腫れた目元をいたわるように何度も口づけを落とす。

「もう一人で泣かなくてもいい。この先君がすべきことは贖罪《しょくざい》などではない。もう幸せになっていいんだ」

「アンデリック様」

「君が罪人だというなら、俺は大悪党だ。この哀れな男の話もどうか聞いてくれ」

そうして、アンデリックもなぜここで一人生きているのかをエステルに告白した。

アンデリックが王の子であると知った瞬間だけはさすがに声を上げたエステルだったが、彼がここで一人暮らすことになったいきさつを知ったときは、眉を吊り上げて怒りをあらわにした。

そして聖母のごとき微笑を浮かべながら彼の肩や背中を優しく撫で、アンデリックはもう一人ではないことを必死に伝えようとした。

「アンデリック様も、なにも、なにも悪くありません。あなたが望んだことなどなにひとつない。あなたこそ、もっと幸せになるべき人です」

「……ああ」

ありがとう、と掠れた声で囁き、アンデリックは静かにエステルと唇を合わせた。

だんだんと深くなっていくキスのままに、アンデリックの体が自分を押し倒そうとしていることに気がつき、エステルはそれを受け入れようと体の力を抜くが、なぜかアンデリックはキスを止めてしまう。

「……?」

どうしたのかとエステルが不安げにアンデリックを見れば、彼がなにか言いたげに眉根を寄せているのがわかった。

「優しい君に告げるのは心苦しいが、まだ話の続きがある」

「つづ、き……」

「俺が屋敷を離れていたのはなぜだと思う？」

そういえば、とエステルは目を瞬かせた。帰ってこないことばかりに気を取られ、なぜという考えが浮かばなかった。ただただ待ち遠しかったと伝えると、アンデリックが再び荒々しくキスをしてくる。

「ああ……クソッ……エステル、君はどうして俺をこんなに燃え上がらせるんだ」

何度もキスをされ、すっかりと力の抜けきったエステルはくったりとアンデリックの腕にもたれかかる。

そんなエステルの髪を撫でながら、アンデリックがなにかを懐から取り出した。

「エステル、これを」

「……な!!」

アンデリックが取り出したのは、片方だけの小さな靴だった。見間違えるはずがない。それはジョルジュの落とした靴。

「箱の中にしまっておいたのに……？　え……？」

エステルはてっきりあの箱の中にあった靴をアンデリックが持ち出したのだと思った。だが、よく見ればあの真新しい靴とは違い、その靴はあちこち汚れて痛んでいる。なにより、左右が違う。

「君が持っていたのは、こっちだろう？」

アンデリックがもう片方の靴を取り出す。左右のそろった一足の小さな靴。それがなにを意味するのかわからず、エステルは瞳を見開く。

「失せ物を捜す魔法で、靴の片割れを見つけた。これは間違いなく、君の弟のものだ」

「……ジョルジュ!!」

エステルはアンデリックから奪うようにしてそれを抱き締めた。

「どういう、どういうことですか？　靴があったということは、ジョルジュが生きていると？　あの子は、あの子はどこですか!?」

「落ち着きなさい。大丈夫だ、ちゃんと話そう」

取り乱すエステルを宥め、アンデリックはゆっくりと口を開いた。

アンデリックの膝に抱えられたエステルは、愛しげにジョルジュの靴を撫でながら、その言葉に耳を傾ける。

「靴に片割れを捜させる魔法をかけたら、すぐに場所はわかった。君の弟をさらった連中は組織的なものだったんだ。あの紙に描いてあった絵は、犯人の入れ墨だろう？　あれのおかげで突き止めることができた」

「っ……！」

忘れまいと必死に描きとめたあの絵が役に立ったという事実が、エステルの心を癒す。ジョルジュの靴も、保管していたことに意味があったのだ。

この長い苦しみが無意味でなかったことが、なによりの救いだった。

「連中は宝石眼の子どもをさらって育て、その魔力を集めて売りさばいていた」

「……そんなことが!?」

「ああ。信じられないかもしれないが、貴族の子ども……それも特に魔力持ちの家系の子どもを狙う誘拐が少なくないことは知っているだろう？　君の弟……ジョルジュもその被害者だったんだよ」

エステルは信じられないとアンデリックを見つめた。

魔力――それを持つ可能性があるから、ジョルジュがさらわれた。なんという酷い話なのだろう。

「魔力持ちになれば国に保護される。だが、発現の前ならば別だ。連中はそんな子どもを狙っていた」

「そこに、ジョルジュが……？　あの子は、あの子はどうなったんですか？」

アンデリックがその組織に辿りついたのならば、ジョルジュも見つかったのではないだろうか。エステルはアンデリックに詰め寄る。

「残念ながら、俺が調べた場所にいたのは幼い子どもばかりだった。この靴はその場所に残されていたものだ」

「そんなっ……！」

「泣かないでくれ、エステル。魔法で追跡したが、持ち主の命が途切れた様子はなかった。その場所にいた連中を締め上げたところ、ある程度育った子どもは各地で養育されていることがわかったんだ。魔力持ちの血を途切れさせないために、結婚もさせていたらしい」

「酷い……!!」

「ああ。おぞましい話だ」

顔を歪めるアンデリックに、彼もまた汚い大人たちの道具にされかかったことをエステルは思い出した。

自分ばかりが傷ついた気でいたが、アンデリックもまたこの事件でかつての傷を思い出したに違いない。

「俺が見つけた組織の連中は捕縛したし、そこにいた子どもたちは保護させた。きっと皆親元に帰れる。そして、あの場にいなかった子どもたちも必ず見つけると誓おう。エステル、君の弟は絶対に無事だ。俺を信じてくれ」

「アンデリック様……!!」

エステルはたまらずアンデリックにしがみついた。

ジョルジュの手掛かりが見つかったこと以上に、アンデリックが自分のためにジョルジュを捜そうと動いてくれたことがなによりうれしかった。あんなに頑なな態度で困らせたのに、それを気遣ってくれていた。

「エステル……君の憂いは俺がすべて払ってみせる……だからどうか、俺のそばにいてくれ」

「……はい。なにがあっても、アンデリック様のそばにいます」

見つめ合い、二人はゆっくりと唇を重ねた。

その夜は二人とも口づけ以上のことはせぬまま、お互いの体温でお互いを温めるだけの穏やかな時間を過ごし、抱き合って眠りについた。

それは彼らが夫婦となって初めて共に過ごした、静かな夜だった。

翌朝。カーテンを閉め忘れたせいで窓から入り込んだ朝日によって目を覚ましたエステルは、自分の体がしっかりとアンデリックに抱き締められたままであることに驚いた。

これまで何度も夜を重ねた二人ではあったが、エステルが目覚めるときにはいつもアンデリックは自室に戻っており、彼女は一人だったからだ。

どこかあどけないアンデリックの寝顔を見つめ、顔にかかった髪を指先でそっと掻き上げる。

柔らかく艶やかな髪の感触が気持ち良く、またアンデリックの無防備な姿に胸が満たされていく。

「可愛らしいひと」

これまでは綺麗で高潔な人だと思っていたが、眠る姿は少年のようで、エステルは自分しか知らないであろう夫の姿にうれしくなった。

そして父親からの手紙を受け、彼に頑なすぎる態度を取っていた時間を後悔する。

髪を整えるために動かしていた手が、アンデリックの角に辿りつく。

長く触れていなかったから、すでに懐かしくもあるそのつるりとした感触を確かめるように表面を撫で、生え際を爪先で優しく掻く。

「……くすぐったいな」

「あっ、ごめんなさい」

いつの間に起きたのか、薄く瞳を開けていたアンデリックが笑い交じりの声を上げ、エステルは慌てて手を引く。

だが、その手はアンデリックによって柔く掴まれ、再び彼の角へ誘われた。

「いや、いいんだ。触れていてくれ」

「でも」

「君に触れられると、この角も悪くないと思えるから、いいんだ」

甘えるような声音《こわね》に、エステルはおずおずと再び角に指を這わせた。

表面に触れ、生え際をあやし、そのまま頭を撫でる。

その優しい動きに誘われるように、アンデリックもエステルの後頭部に手を伸ばし、耳元や首筋を指先で弄びながらその小さな顔を己のほうへ引き寄せ、触れるだけの口づけを交わす。

「んっ……」

一度触れて離れた後、見つめ合った二人の空気が熱をおびた。

昨晩はただ抱き合うだけだったせいで、押さえていたお互いへの情欲が溢れて混ざり合っていく。

どちらからともなく再び顔を近づけ目を閉じ、再び唇を重ねた。

それは昨晩何度も交わした会話のようなキスではなく、深く絡まる口づけ。

アンデリックの舌がエステルの口内を舐めあげ、歯列を辿り、上顎をくすぐる。刺激に驚いて逃げようとする小さい舌を押さえ込み、蹂躙《じゅうりん》し、舌の付け根すら舐めあげる濃厚なもので、エステルはアンデリックの髪をくしゃりと掻き混ぜてしまう。

「んんっ、ぁ、あ」

口づけの合間に鼻から抜ける甘ったるい声が嫌でも響いて、エステルは頬を赤くした。

もう片方のアンデリックの手は不埒にも服の上からエステルの胸を撫でまわし、そのふくらみの頂を探し当て、指先でこねまわす。

つん、と存在感を持って硬くなりはじめたそこをつままれ、爪先で引っ掻くように愛撫されれば、エステルは腰の奥からじわりと熱が溢れていくような疼きに襲われ、腰をくねらせるほかなくなっていく。

「ん、むっ、あ、ふっ」

ようやく唇は解放されるが、唾液で溺れそうなほど愛され、うまく息継ぎができず呼吸が荒くなる。

くったりと力の抜けた体を仰向けにされ、アンデリックの体がのしかかってきた。ワンピースの前はすでにくつろげられ、ふっくらとした胸が朝の冷えた空気に触れて粟立っている。

いじめられてつんと色味を濃くした胸の先端を、アンデリックはためらいなく口に含んで味わった。

「あ、やっあああん」

切ない痺れがそこから全身に広がり、エステルは喘いだ。先端を吸い上げられ、舌先で弾くように舐められる。選ばれなかった胸も優しく揉みほぐされ、指の腹で薄い皮膚を左右にこねくられれば、慣らされた体はすっかり熱で熟れ、汗ばんでいく。

ちゅうっ、と強く吸われると我慢できずに甲高い声を上げてしまい、エステルは恥ずかしさから己の手で口を覆った。

「隠すな」

「あ、やぁぁぁ」

それは許されないとばかりに、アンデリックはすぐさまエステルの腕を拘束する。

両手をひとまとめに頭上で固定されると、はりつけにされた蝶のようにエステルは身動きひとつ取れなくなってしまう。

熱をおび、潤《うる》んだ瞳でアンデリックを見上げるエステルの顔中にキスを落としながら、彼はもうひとつの手を彼女の下半身へ滑らせ、スカートの中にもぐりこませた。

素肌の脚を撫でまわし、体の中心へゆっくりと進む。

ひ、とどこか期待するように息を呑んだエステルの反応に低く笑いながら、アンデリックは下着の中にその大きな手を差し込んだ。

「あ、ああ、あぁんっ、ひぃっんっ」

二本の指で割れ目を撫でるように何度か往復した後、すでにしっとりと濡れている肉谷を開き、敏感な突起と蜜を溢れさせている蜜口のあたりを執拗に攻めたてる。

クチュクチュといやらしい水音が響き、下着が濡れて肌に張りついていくのが感じられて、エステルは恥ずかしさにいやいやと子どものように首を振った。

しかしアンデリックが指を止めることはなく、突起を押し潰し、蜜口とその奥にある知り尽くした彼女の弱点を、器用にも同時に刺激した。

「いや、や、やぁっ、あああっっ!!」

アンデリックの指を締めつけながら、エステルは腰を浮かせて体を硬直させた。

「いやと言いながら脚は開いているぞ。私の妻はなんと淫らで可愛らしい」

下着から抜け出た指は彼女の汗と愛液でぬるぬると濡れて光っており、それを視界にとらえてしまったエステルは、赤い顔を羞恥に歪め、ああ、と哀れっぽい呟きを零した。すでに抵抗する力も、顔や声を隠す気力もないエステルの腕を解放し、アンデリックは慣れた手つきで彼女の体を包む衣服をすべて取り払う。

濡れて役に立たなくなった下着も脚から抜き去り、力が抜けた熱っぽい太ももを掴んで、大きく開かせる。

「あっ」

くちゅ、とエステルの恥割にアンデリックの先端が触れた。愛液で濡れきった割れ目を何度もなぞり、これからの行為を予告してくる硬く熱い先端が、敏感に腫れあがった突起を押し潰す。

「あああっ」

「こんなに濡れて。気持ち良いか？」

「あ、いい、いいです、ああっ」

ぐちゅぐちゅともどかしいほどにゆっくりと刺激され、エステルはたまらず両手を伸ばし、アンデリックの肩にすがりついた。

「……ようやく、だな」

それが、行為の際にアンデリックに触れようとしなくなったエステルが元に戻ったことを喜ぶ声だと気がつき、エステルは泣きそうになる。

「あっ……れて、いれてくださいっ」

気がつけば懇願の声を上げ、エステルは自らアンデリックに腰を突き出すように動き、彼をねだっていた。

「くっ、お前は、なんと」

その痴態を見たアンデリックは獣のように呻《うめ》き、濡れそぼった蜜口に先端を押し当てると、一気に根元までそれをねじ込む。

「きゃ、あううんっ」

ずん、と最奥まで貫かれた衝撃で、エステルは喉をそらせた。

「ひっ、あ、おっきい、や、あついぃぃぃ」

埋められたモノの質量に慄《おのの》き喘ぐ体は紅色に染まり、汗でキラキラと輝いている。

アンデリックはその美しさに目を細め、喉を鳴らした。

これは俺のものだ、という執着心と独占欲を刻むようにゆっくりと引き抜き、すぐさま根元まで突き込む。

その度に、エステルは甘ったるい声で叫び、歓喜で全身を震わせた。

「だめ、とけちゃう、そこ、とけちゃうう」

いっそ激しく攻められれば乱れきってしまえるのに、アンデリックの動きはどこまでも緩慢《かんまん》で、エステルをじわじわと追い詰める。

くちゅくちゅと結合部から溢れるお互いの愛液は泡立ち、シーツをぐっしょりと濡らしていた。

「君の中はとても良いな。温かく、締めつけてくれる。エステル、いいか？　これだけが君の中に入っていい、俺という存在だ」

「あ、つぁあ、わかりま、した、あっあああぅ」

「エステル、エステル……」

こらえきれなくなったのか、アンデリックの動きが次第に激しくなっていく。

肌と肌がぶつかる音と、お互いの荒い呼吸音だけが寝室に響き渡る。

「あ、ああ、だめです、だめ、もうっ、あああああっ!!」

「ぐっ……!!」

エステルがひときわ大きく叫び、同時にアンデリックが切なげに顔を歪めた。

繋がりから溢れた、白濁した温かな液体が二人を濡らす。

幸福な達成感と疲労にまかせ、アンデリックはそのままエステルの体に倒れ込んだ。

エステルもまた全身を歓喜に痺れさせていたが、震える腕を動かし、自分に覆いかぶさるアンデリックを優しく抱き締める。

「アンデリック様。心から、あなたをお慕いしております」

贖罪《しょくざい》などではない。ただひたすらに彼が愛しいから、子どもが欲しい。

エステルはようやく自分の心を素直に受け止めることができた。

「……ああ」

俺もだ、とアンデリックも答え、エステルの体を強く抱き締めたのだった。


それからしばらく裸のままにじゃれ合っていた二人だったが、日差しにすっかり寝室が明るくなると急に気恥ずかしくなったのか、目線を合わせぬままに寝台から下り、それぞれに手早く身支度を整えた。

寝室からそろって廊下に出ると、もう起きていたらしいベルタが用意した朝食の香りが漂っていた。

食堂に来た二人を笑顔で出迎えたベルタに、エステルは頬を染めてうつむき、アンデリックは満足げな表情を浮かべたのだった。

二人で空腹を満たした後、ラシェルとクロードの様子を見に行った。

物置の床に転がる二人は、まだ意識を取り戻してはいない。

「眠りの魔法をかけてある。兵士たちが来るまでは起こさずともよいだろう」

アンデリックの言葉に、エステルは安心した。

意識がある姉たちと会話をしたら、兵士に引き渡すという決断が揺らいでしまいそうだったから。

そうして、日が高くなった頃になってようやく城から数人の兵士が二人の身柄を捕えるためにやってきた。

兵士たちを率いてきたのは、なんとパブロだった。

「ご無事でしたか。あなたの屋敷に暴漢が侵入したと聞いて慌てて飛んできました」

そう言いながらも、パブロの態度は慌てている様子ではない。感情の読めない顔のまま、アンデリックとエステルをじっと見ている。

エステルはそんなパブロをどこか恐ろしく感じ、アンデリックの後ろにそっと身を隠した。

「お前がわざわざ出向くこともあるまい」

「あなたの身に起こる事態を解決するのは私の役目ですよ。彼らかな、この屋敷に押しかけたという不敬者たちは」

「ああ」

兵士たちによって物置から引きずり出されたラシェルとクロードは、口に布を噛まされていた。

眠りの魔法から目を覚ましたばかりであろうに、何事か喚きたてて暴れており、服も髪型もずいぶんと乱れている。

クロードのほうはすでに抵抗する気力を失くしているのか、虚ろな目をしてうつむいていた。

だが、ラシェルは瞳を吊り上げ、必死になにかを訴えようともがいている。

「んんんー!!」

その瞳が立ち尽くすエステルをとらえると明らかな怒りに染まり、拘束を振りほどこうとさらに暴れ出す。

解放しろと訴えているのか、妹に怒りをぶつけているのか。尋常ではないその様子に、ラシェルを拘束している兵士たちが辟易《へきえき》したように彼女を押さえつける。

酷いと思いながらも、エステルはなにも言わずに目をそらした。

許せないという思いはあるが、姉妹の情も完全には捨てきれない。ずっと見ていたら、放してやってほしいと口にしてしまいそうな自分を抑えるように、エステルはアンデリックの背にしがみついた。

「うるさい女だ。早く始末しろ」

パブロはそんなラシェルを一瞥すると、冷たい瞳のまま兵士たちに冷酷な指示を出した。

冷え切ったその言葉に、場の空気すら凍るような緊張が走る。

「んんんー!! むぐううう!!」

だが、その声にクロードが大きく反応した。

先ほどまでうなだれていた顔を上げ、パブロの存在を認めると瞳を大きく見開き、兵士を振りほどく勢いで暴れ出す。

パブロを知っているとしか思えないただならぬ様子にエステルは驚き、アンデリックは眉間に皺を寄せた。

「この男と面識があるのか」

「ええ、まあ」

パブロは涼しげな表情のままクロードを見下ろしていた。

その瞳に宿る冷酷な光に、エステルは息を呑む。

恐怖に震える手を握りしめていると、それを宥めるように温かな手が触れてくる。

「大丈夫だ」

その声に顔を上げると、アンデリックの表情もどこか硬いことに気がつき、エステルはますます不安になった。

なにかがおかしい。

「この者たちは連行します。アンデリック様はあの騒ぎもあってお疲れでしょう。あとはすべて私にまかせて、どうか奥方とゆっくり過ごされてください」

媚を売るような口調に、エステルは肌が粟立つのを感じる。

触れているアンデリックの手にも力がこもり、エステルを隠すようにしながら一歩前へ進み出た。

「しらじらしい。すべてお前の差し金だろう」

低く、怒気を孕《はら》んだアンデリックの声。

兵士たちや姉たちすら動きを止め、アンデリックとパブロに視線を注ぐ。

「ほう？」

パブロはアンデリックを見つめたまま、口元を歪めた。

いつも張りつけている感情の読めない表情とは違う、いびつで冷たい笑み。

「なぜ、そう思うので？」

「この屋敷は俺の魔法で隠してある。場所を知らなければ辿りつけないのを忘れたのか」

「……!!」

エステルはクロードが『許可を得た』と口にしていたことを思い出した。彼らは誰かに許しを得てここに来たのだ。それが誰なのか、なぜ思い至らなかったのだろう。

「あの連中を使ってなにをしようとしていた？」

「……隠しても無駄なようですね。妹に会いたいとあまりに騒ぐから、不憫に思っただけですよ」

まるでなんでもないことのように、パブロはあっさりと自分の行いを認めた。

肩をすくめ、運ばれていくラシェルとクロードに感情のない視線を一度だけ向ける。

「欲を言えば、あなたとエステル殿の関係を深める良いスパイスになってくれると思ったのですが、まさかアンデリック様がいないときに来るとは思っていませんでしたよ。失敗でした」

悪びれる様子もないパブロの言葉を理解できず、エステルは呆然とした。まるでなにもかもを自分の駒のように思っているかのような態度に、怒りを通り越して恐怖が湧く。

その言葉が聞こえたのか、クロードがひときわ大きな声で呻《うめ》いた。

「うるさい男だ。黙らせろ」

兵士の一人がクロードを殴りつける。クロードはぐったりと地面に倒れ、動かなくなった。隣にいたラシェルが目を見開き、くぐもった金切り声を上げている。

「貴様……!!　二度と俺に関わるな。そしてこの屋敷にもだ」

「それは困ります。アンデリック様は、私の計画には欠かせない存在ですから」

薄ら寒い笑みを浮かべたまま、パブロがアンデリックとエステルに近づいてくる。アンデリックはエステルを庇うように腕をあげ、パブロを睨みつける。

「彼らもまったく役に立たなかったわけではないようだ。あなたがエステル殿を大事に思っていることが証明された」

「……なんだと?」

「私はずっと待っていたんですよ、あなたに弱みができることをね」

言うが早いか、パブロがその巨躯《きょく》からは想像できぬ俊敏な動きでアンデリックとの距離を一瞬で詰めた。

虚をつかれたアンデリックが動くより先に、その腕に複雑な細工が施された金の腕輪をはめ込む。

「なんだ、これは……ううっっ!!」

「アンデリック様!!」

途端にアンデリックは苦しげに身を折り、腕を押さえながら床にうずくまった。同時に、腕輪が不気味に光り出す。

エステルがその体を支えようとするが、それを阻むようにパブロが二人の間に立ち塞がった。

「もともとは子どもが生まれればそれを材料に脅すつもりでした。だが、子どもを待つまでもないと判断して正解だったようですね、アンデリック様。今のあなたにとって最大の弱みはエステル殿だ」

「きゃあっ!!」

パブロの手がエステルの腕を掴む。アンデリックにはめたものとは違う銀色の腕輪を取り出して、パブロが笑い声を上げた。

「最初は男たらしの小娘と思っていたが、事実とは異なったことが功を成したようだ。孤独な男はけなげな女に弱いというのは本当らしい」

「なにを、いっ……!!」

銀色の腕輪がエステルの腕にはめられた。

すると途端に全身から力が抜け、エステルは抵抗する様子もなくパブロの腕の中に体を落とす。瞳は虚ろになり、まるで生きたまま人形にされてしまったようだった。

（なに、どうしたの……！）

意識ははっきりしているのに体は動かない、ちぐはぐな状況にエステルは混乱する。

エステルは必死に視線でアンデリックを探そうとするが、それすらも叶わなかった。

興奮した様子のパブロと悲鳴じみたアンデリックの声だけが聞こえてくる。

「パブロっ！　これはなんのつもりだ！　エステルになにをした⁉」

「賢いあなたならばわかるでしょう？　それは聖杯同様に魔力を吸引する腕輪。満足するまでは術者が身動きできないほどの勢いで魔力を吸い上げ続ける。あまり無理をして動こうとすれば、体に障《さわ》りますよ」

苦しむアンデリックを覗き込むように腰を折ったパブロの顔はいびつな微笑を浮かべており、言葉遣いはどこまでも丁寧。だが、あからさまな毒を孕《はら》んでいた。

「エステル殿の腕輪は体の自由を奪う魔法がかけられた魔道具です。魔法とは本当に便利だ。有効活用すれば、どんなことでもできる」

「くっ、貴様っ‼　妻を、エステルを離せ‼」

アンデリックは苦しみながらもエステルを抱えたパブロに手を伸ばすが、その手は届かない。

パブロはそんなアンデリックを見下ろし、楽しそうに小首を傾げた。腕に抱いたエステルの髪をいたわるように撫でながら、肩を揺らして笑う。

「アンデリック様、いいえ、アンデリック王子。エステル殿が大切ならば、城においでください。そして王の首を取るのです」

「な、んだと……？」

（この人は今なにを言ったの⁉）

エステルはパブロに叫び出したかったが、指先一本動かせなかった。

視界の端でわずかにとらえたアンデリックが、顔色を青くして額に脂汗を滲ませているのがわかった。パブロの言葉が真実ならば、魔力を急激に吸収され苦しんでいるのだろう。

騒動に気がついたベルタが奥から飛び出してきてアンデリックに駆け寄るが、彼は立つことすらままならない様子だ。

「あなたは稀有《けう》で偉大な魔法使いだ。この国を統《す》べるにふさわしい。血筋とて問題はない。あなたは紛れもなく王の子。あなたが新たな王になるのですよ、アンデリック王子」

うっとりとした声音《こわね》で語るパブロは、これまでとは別人のようだった。

「大した魔力もない王と強欲な王妃などに国政をまかせておけば、この国はいずれ滅ぶ。せっかく魔法という素晴らしい武器があるにもかかわらずそれを治水にだけ使い続ける愚鈍な者たちになど国をまかせておけない。あなたは素晴らしい王の器だ。その膨大な魔力があれば、世界を手にすることすらできる」

「……魔法狂信者めっ……!!」

「愛国者と呼んではくれませんか。私はずっと、魔法使いの復活を待っていた……」

うっとりと、どこか遠くを見つめるパブロは、アンデリックを見ているようで見ていない。

「王子のおかげでたくさんの魔力が集まりました。私に敵う者など、もうこの国にはいません。ただ、あなたが本気になればそうはいかない。だからこそ、私はあなたに早く結婚してほしかったのですよ」

「俺の弱みが欲しかった、ということか」

「ええ」

ためらいの欠片もないパブロの回答に、アンデリックは舌打ちする。

パブロを睨みつける瞳には隠しきれない憎悪と怒りが滲んでいるが、体の自由がきかない。

エステルもまた、今すぐパブロを突き飛ばしてアンデリックのもとに戻りたかったが、どうすることもできなかった。

「では、城で待っていますよ」

パブロはエステルを抱え上げたまま悠々と歩き出す。

ベルタが何事かを叫んでいるが、兵士たちによって押さえ込まれてしまった。

(やめて、ベルタに酷いことをしないで！　アンデリック様、アンデリック様ぁぁ!!)

心でどんなに叫んでも、その声が届くことはない。

うやうやしい手つきでエステルの体を馬車に乗せたパブロは「丁重に運べ」と部下に指示を出して扉を閉める。

虚ろな瞳のままに、エステルは窓から外を見つめるが、見えるのは屋敷の屋根だけだった。無情にも動き出した馬車の音と共にそれすらも小さくなっていき、エステルの視界から消えてしまう。

曇天だけがエステルを見ていた。

(アンデリック様！)

悲鳴の代わりにエステルの頬から涙が溢れたが、それを拭うことはできなかった。

第四章　夜明けのキス

「いったい私をどうするつもりですか!?」

「落ち着いてください、エステル殿。大丈夫、すぐにアンデリック王子が来てくださいますよ」

壁に背中をつけ体を固くするエステルに、パブロは優しげに声をかける。だが、やはりその顔には感情の欠片も感じられない。

運ばれたエステルは、王城の一室に囚われていた。

窓がないため時間がどれほど経ったかわからないが、それほど長い時間は過ぎていないような気がしていた。

腕輪は城についてすぐに外されたが、まだ全身にだるさが残っているせいで暴れることもできない。

せめてもの抵抗として椅子に座らず、壁に背中を預けたままエステルはパブロを睨みつけていた。

パブロはそんなエステルを見つめながら、優雅に紅茶を飲んでいる。

これまでの堅苦しい服装ではなく、ゆったりとくつろいだ格好であることが余計に不気味だ。

袖をまくりあげた腕は太く、もし無理やり逃げたとしてもすぐにつかまってしまうだろうとわかる。

エステルはふと、パブロの腕に奇妙な入れ墨が刻まれていることに気がついた。

袖口からわずかに覗く模様に、忘れかけていた記憶が疼く。

「エステル殿、そう怖がらずにお茶でもどうですか？　なにも食べないと体に毒ですよ」

「結構です！」

お茶や軽食の類が運ばれてきたが、エステルは手をつけなかった。

「今すぐ私をアンデリック様のもとに帰してください!!　それに姉たちはどうしたのですか！」

「以前に比べると、ずいぶんと雰囲気が変わりましたね。よほどアンデリック王子との相性がよかったようだ」

「なにをっ……」

「体でたらしこんで子どもを作ってくれればいいと思っていましたが、まさか心まで掴むとは。エステル殿は最高の女性だったようだ」

「このっ……！　なんて非道な!!」

エステルがどんなに声を上げても、パブロは余裕の表情と態度を崩さない。

ゆったりとした動作でエステルの近くにあった椅子に腰掛けると、表情を険しくしているエステルを興味深そうに眺める。

「彼は人と愛に飢えている。君を助けるためならば、きっと王座にだって座ってくれるはずだ」

「なんて恐ろしいことを……」

「エステル殿……若いあなたにはわからないことだろうが、この国は甘い。魔力持ちが生まれても他に活用しようともしない。少ない魔力を有効活用する国や、魔法を捨て技術の進歩を選んだ周辺諸国との差は広がるばかり。今動かなければ、他の国に取り込まれてしまうのは目に見えている」

抑揚のない声で滔々《とうとう》と語るパブロは不気味だった。まるで、そうでなくてはならないと思い込んでいるような。

「以前は王家にも強い魔力を持つ者は生まれていました。だが、ここ数代は宝石眼を持つ者でも魔力はわずかばかり。魔力持ちの家系から王妃を迎えているというのに、情けないことだ」

　吐き捨てるように呟くパブロの顔が苦々しく歪む。

「アンデリック王子は奇跡だ。王の血を引き、あのような強い魔力を持って生まれた。彼こそが次代の王になり、この国を導いてくれれば……」

「彼は、アンデリック様はそんなことを望んでいません‼」

　我慢できずにエステルは叫んだ。

　エステルが知るアンデリックは、穏やかで優しい人だ。王位など望んでいるはずもない。

「……そこですよ、エステル殿。あの方は自分の価値をわかっていない。だから私は彼に早く子を儲けてほしかった。彼の魔力を引き継ぐ子どもを手に入れ、私の手で育てて王にしようとも考えました。または家族を欲する彼の子を人質にして王位を奪ってもらおう、とね」

「なんておぞましい……」

　その計画がいかにおぞましく恐ろしいことかを理解し、エステルは怒りと恐怖で体をわななかせる。

「だが、子を成すまでもなく彼に愛する人ができた。あなたを取り戻すためならば、彼は喜んで王位を簒奪《さんだつ》してくれるはずです」

にこりと紳士のように微笑むパブロは、自分の計画に酔いしれているようであった。

「彼が王になるまでは、ここで大人しくしていてください。未来の王妃に危害を加えるのは本意ではありません。ご理解いただけるのならば、丁重にもてなしますよ」

そこまで言うとパブロは素早く立ち上がり、部屋を出ていってしまう。

残されたエステルは、閉まった扉を呆然と見つめていた。パブロにはなにを言っても届かない。

無力さと自分が置かれた絶望的な状況に、エステルは力なく床に座り込み膝を抱えた。

パブロはその言葉通り、エステルに危害を加える気はないのだろう。そしてアンデリックが王になるまで逃がす気もない。

広い部屋には誰もいないが、窓は塞がれ唯一の扉の先には兵士が控えていたのをパブロが出入りする際に見た。

叫んで暴れたところで誰もエステルを助けようとはしないだろう。上質な家具と寝台はあっても、ここは牢獄となにひとつ変わらないと、エステルは絶望する。

「アンデリック様」

膝に顔をうずめながら、エステルはパブロの前では我慢していた涙を滲ませる。

姉や家族との関係を打ち明け、ようやくアンデリックに素直に向き合うことができた。

ずっと苦しんできたジョルジュのことも希望を持つことができた。

これからすべてをやり直せると思っていたのに。

なのにあんまりだと、エステルは運命を呪うように拳を握りしめた。

「どうして、どうして」

なぜ、アンデリックを苦しめるのだ。

不運にも魔力を持って生まれただけで、彼は決して王位など望んでいない。

その彼の足枷に自分がなっていることは、エステルにとって耐えがたい苦痛だった。

いっそここで命を絶てばアンデリックの枷にならずに済むかもしれないと考えたが、実行したところでパブロがそのことを正直にアンデリックに告げるとは思えなかった。

むしろエステルの死を利用して、もっと酷いことをアンデリックにさせようとするかもしれない。

なにより、エステルはアンデリックのもとに戻りたかった。

彼の腕に抱かれ、角に触れ、この先も命が続く限り一緒に生きたいと願っている。

ジョルジュを捜し出してくれるという彼の言葉を信じ、一緒に戦いたかった。

自分を罪人だと思い込んでいたエステルがようやく得た、生きる目的であり希望。

滲んだ涙を乱暴に拭うと、エステルは自分にできることはいざというときにアンデリックの足手まといにならないことだけだと決意した。

「絶対に諦めないわ……」

今の自分にできることは、体力を回復させることだ。

なにかがあったときに抵抗できるだけの体力を残しておかなければならないと、エステルは膝を強く抱きかかえ、しっかりと目を閉じた。


どれほどそうしていただろう。

なにかが爆ぜるような物音が聞こえた気がして、エステルは沈んでいた意識を浮上させた。

最初は気のせいかと思ったそれは、何度も続いた。床伝いに伝わってくる振動に、エステルはただならぬ雰囲気を感じて立ち上がる。

連れてこられたときより体が軽く、いくらか時間が経っていることだけはわかった。

早足で出口に駆け寄ると、その扉を叩いて声を上げる。

「なにがあったんですか、開けてください!!」

しかし、応える声はない。鍵がかかっているらしく、ノブを激しく動かし押しても引いてもびくともしない。

扉に耳をつけて外の音を聞いてみるがなにも聞こえず、エステルは不安になった。

誰もいないのかと考えるが、あのパブロが見張りを欠かすようなことをするとは思えない。

もし、何事かが起きてここに見張りを置けないような事態になっているのだとしたら。

そんな予感に、エステルはひときわ大きな声を上げて扉を何度も叩く。

「出して！　私をここから出して!!」

しばらくそうやって叫んでいると、遠くから荒っぽい足音が近づいてくるのが聞こえた。

その荒々しさにエステルが思わず扉から身を離すのと、扉が開いたのは同時だった。

「やあ、エステル殿」

「きゃぁ！」

そこに立っていたのは、髪を乱したパブロだった。いつもの感情の見えない表情ではなく獰猛な獣のような形相で、彼はエステルの腕を乱暴に掴んだ。

「少々問題が起きてしまいました。こちらへ」

言葉遣いは丁寧だが、腕を掴むパブロの力は強い。

骨が軋むほどの力に、エステルは悲鳴を上げる間もない勢いで引きずられて部屋の外に連れ出される。

外は薄暗い廊下だった。窓から見える空には、ぽっかりと穴が空いたような大きな月が輝いていた。

「なにをするのですか!!」

「あなたの価値は私が考える以上だったようだ。エステル殿、あなたさえ手中にあればなにも恐れるものはない」

「離してっ、痛い!!」

エステルは逃れようともがくが、女性の力で敵うわけもない。

早足で廊下を進むパブロに引っ張られているせいで足はもつれそうになり、転ばないようにするのがやっとだった。

長い廊下に人気《ひとけ》はなく、興奮したパブロの荒い呼吸だけが不気味に響いている。

「城を出てしまえばこちらのものだ」

「いやっ、どこに行くのですか、離して! 離してよ!!」

「ええい、うるさい女だ。黙ってついてこい!!」

「きゃぁあっ」

暴れるエステルに業を煮やしたのか、言葉を荒げたパブロは、その体を荷物でも扱うかのように肩に担ぎ上げる。

「いやっ!!」

「暴れて落ちれば痛いのはあなただ。少しの間大人しくしていろ」

助けを呼ぶために声を上げようとしたが、口を開けば舌を噛むぞと脅され、慌てて口を閉じた。

ねじが外れたように笑いながら廊下を奥へ奥へと歩むパブロの足取りは乱暴で、エステルは酷い揺れに苦しめられた。

「彼の力がこれほどとは思わなかった！　素晴らしい！　素晴らしい！」

幼子のようにはしゃいだ声を上げるパブロは、歌い出さんばかりの勢いだ。

だが、その意気揚々とした歩みが突然止まる。

「俺の妻を返せ」

静かだが、耳が凍りそうなほどに冷たい声音《こわね》。

エステルは必死に身をよじって、声がしたほうへ視線を向ける。

「アンデリック様……」

廊下を塞ぐように立っているのは、アンデリックだった。

乱れた髪から覗く角が、窓から差し込む月光に照らされて輝いている。

エステルと彼女を抱えるパブロを見据えるサファイアの瞳は、激しい怒りに燃えているように見えた。

「……これはこれはアンデリック王子。お早いご到着で」

パブロの声は虚勢を張っているようにも、この状況を楽しんでいるようにも聞こえた。

「アンデリック様！」

「エステル、無事か！」

「……はいっ……！」

無事の再会ではなかったが、アンデリックがそばにいることに、エステルは心から安堵した。

彼が無事だったことや、ここまで来てくれたことがうれしかった。

今すぐ彼のそばに近づきたくて、エステルはどうにかして逃げようともがくが、パブロの腕はゆるまない。

アンデリックは険しい表情のまま一歩前に出る。パブロはそれから逃げるようにエステルを抱えたまま一歩後ろに下がる。

縮まらない距離に、アンデリックが苛立たしげに舌打ちをした。

「貴様の部下とやらは手ごたえがなさすぎる。俺を担ぎたいのならばもう少しマシな手駒をそろえるべきだったな」

「あれでも精鋭のつもりだったのですがね」

「どこがだ。腕輪には魔法封じの文様も刻んでいたようだが、あんな古めかしいもので俺を阻めると思うな」

「なんと。せっかく長い時間をかけて解読したのに、アンデリック王子相手では無意味でしたか」

残念そうな口調ではあったが、パブロの態度はどこか余裕があるように感じられた。

「妻を放せ」

「ふふ……本当にエステル殿が大切なようだ。確かに女性を抱えたまま話をするのは失礼にあたりますね」

パブロはようやくエステルを地面に下ろす。だが解放する気はないらしく、腕をしっかりと掴んだままだ。

「アンデリック様……！」

「エステル……！」

すぐそばにいるのに触れることができないもどかしさ。

それでも、無事に再会できた喜びでエステルの視界が滲む。アンデリックもまた、こわばっていた表情をわずかにゆるめてエステルを見つめていた。視線だけで痛いほどにお互いの気持ちを感じ合う。

「何度も言わせるな。妻を、エステルを返せ」

「私も言ったはずですよ。あなたが王位を継承してくだされればお返しします、と。彼女は未来の王妃殿下だ。それまでは大切に私が保護しておきます」

「……俺は王などにはならない。貴様がどんなに望もうともな」

「ではエステル殿のことは諦めると？　この美しい顔に傷をつけるのは私とて嫌なのですよ？」

パブロが腰から剣を抜き、その刃をエステルの頬に押し当てた。

アンデリックは顔を怒りに歪め、エステルは恐怖で息を止める。

「っ……!!」

「ああ、そうでしたな。たとえ私が傷つけたとしてもあなたの手元に返した瞬間、どんな傷でも治ってしまう可能性がある」

ふむ、とパブロは唸ると、剣を滑らせ、エステルの髪をひと房持ち上げた。

「アンデリック王子。順序がわからないのならば教えて差し上げます。私の部下が今頃広間にすべての王族を集めているはずだ。そこに向かい、王太子を含め他の王子を殺しなさい。姫はまだ利用価値があるので残しておいてくださいね。そして次に王妃を殺しなさい。できれば王の目の前で。そうすれば王は姫を守るためにも、素直に王位を差し出すでしょう」

幼子に道順を教えるような気軽さで、パブロは残酷な計画を口にする。

「それができなければ、エステル殿の体はだんだん減っていくことになります」

ザクリと嫌な音がして、エステルは首まわりが軽くなったことに驚く。

パブロがエステルの髪を半分ほど掴み、首の下あたりで切り落としたのだ。

「いやぁぁっ」

「エステル!!　……パブロ、貴様!」

「バランスが悪くなりましたね？　もう片側も切って差し上げましょう」

「やめろっっ!!　これ以上は絶対に許さん!!」

再びエステルの髪に剣を押し当てたパブロの動きに、アンデリックがひときわ大きな声を上げた。

「国王だけならいざ知らず、王位継承者や国母まで殺した男が王になれると思うのか？　お前の馬鹿げた計画は国を乱すだけだ!!」

「その点はぬかりなく。王子たちと王妃はあなたに殺されるのではない。この国の魔力の秘密を探ろうとした他国の刺客によって殺されたことになります。アンデリック王子は家族を手にかけた刺客を倒した英雄として王位を継承するのです。素晴らしいでしょう?」

にこり、とどこまでも善人のような顔のまま、パブロは喋り続ける。

壊れている、とエステルは自分を拘束する男の恐ろしさに震えた。

「家族を殺されたあなたは怒り、隣国に戦争を仕掛ける。あなたの魔力と私が集めた魔力で魔道具を駆使すれば、我が国は間違いなく勝利することができるでしょう」

「そして他の国も侵略するのか?」

「もちろん」

無邪気な子どものような返答だった。

「……ふざけるな」

地を這うようなアンデリックの声が響く。

その形相は、エステルがこれまで見てきたどんなアンデリックの表情よりも険しい。

「貴様は俺だけではなく、他の魔力持ちまで利用して……やりたかったことは戦争だと!?」

「おや。そこまで気がついていましたか」

「気がつかないと思ったか？　幼い子どもまで利用して魔力を掻き集める外道《げどう》は昔からいたが、あの組織の連中には明らかに目的があった。お前が俺に使った腕輪を見たときに確信したさ」

ただならぬ二人の会話に、エステルはアンデリックがなにを言おうとしているのかを察する。

魔力、子ども、集める。エステルは弾かれたようにパブロを見た。パブロもまた、エステルを見下ろして不気味な笑みを浮かべる。

「まさか、かつて私の部下が連れ去り損ねたお嬢さんがこうして役に立つ日がくるとは、夢にも思いませんでしたよ」

「……!!」

全身が、氷水を浴びせられたように冷たくなるのがわかった。

侍女の悲鳴、飛び散った血、泣き叫ぶジョルジュの声、恐ろしい男たちの太い腕。そこに刻まれた入れ墨。あれは、将軍の腕に刻まれていたものとよく似ていなかっただろうか。

「エステルの弟はどこだ！」

「あの子は残念ながら魔力が発現しなかった。あんなに美しい瞳をしていたのに、まがいものだったとは」

「ジョルジュ……!?　ジョルジュは生きているの!?」

パブロに掴みかかりエステルは叫ぶが、彼は面倒くさそうに肩をすくめるばかりだ。

「魔力がなくても宝石眼であれば血統に魔力が宿る可能性が高いですからね。いずれ、然るべき相手と番わせるために保管していますよ。死なれては私が困る」

「……っ!!」

人道をあまりに外れたパブロの言葉に、目の前が真っ赤になるほどの怒りを覚える。

それと同時に、ジョルジュが無事であるという事実に叫び出したいほどの歓喜を感じていた。

「生きてる……!」

泣きながら自分に手を伸ばした小さな弟。あの日から一日だって忘れたことはなかった。

あの子が無事で生きている。それが、涙が出るほどにうれしかった。

「そうだエステル殿。アンデリック王子を説得してくだされば、弟を君に返しましょう。是非、この城で一緒に暮らすといい」

名案だと言わんばかりに声を弾ませるパブロに、エステルはその手を振りかざした。

「ひとでなしっ‼」

「おっと」

だが、その手はあっけなくパブロに掴まれてしまう。

「元気のいいお嬢さんだ。もしあのとき連れ去ることができていれば、今の君は子だくさんだったろうね。君は良い母親になる。愛情深く気高く、そしてとても美しい。我が国の新たな国母にふさわしい女性だ」

「ひっ……！」

「貴様っ……！」

おぞましいとしか言いようがないパブロの言葉にエステルは悲鳴を、アンデリックは怒声を上げた。

もがくエステルを抱き締めるようにして抱え込んだパブロは、再びアンデリックに向き直る。

「アンデリック王子、簡単なことです。もし手を汚すのが嫌なら部下にすべてやらせましょう。あなたは頷くだけでいい。そして愛しい妻とその弟君と共にこの国を盛り立てるのです。無能な王と王妃を葬り、優しさだけが取り柄の王太子からその座を奪い取りなさい」

「俺は王太子にも王にもならない。戦争などまっぴらごめんだ!!」

「……なるほど。ではかわいそうですが、王妃殿下にはもう少し涼しい髪形になっていただきましょう」

「あっ!!」

荒っぽい手つきで残された長い髪を引っ張られ、エステルは身をよじった。

痛みと悔しさに涙が滲む。

「それともこの可愛らしい耳を削いでしまいましょうか」

笑うパブロの表情と声が、残酷な色をおびた。

髪へ向かっていた剣が方向を変え、エステルの小さな耳を撫でる。ひんやりとした恐ろしい感触は、エステルの体をどこまでも恐怖させた。

「……妻に危害を加えたら許さんと言ったはずだ。俺が今までなにもしていないと思ったのか」

「な……っ!? うぁぁぁぁ!!」

これまでの余裕の表情が嘘のように、パブロが無様に叫ぶ。エステルが何事かと見れば、彼の足下が氷塊に包まれていた。

「馬鹿なっ、この甲冑《かっちゅう》は魔法を弾く特別製のはず……!」

「俺が凍らせたのは地面、そこから氷を伸ばし甲冑《かっちゅう》のまわりを囲んだだけだ。お前は魔法や魔道具を過信しすぎている。しょせん魔法は道具。使い方を考えろ」

氷塊が膝のあたりまで這いあがってきたことに慌てたパブロが体勢を崩し、エステルを掴んでいた手がゆるむ。

その一瞬をつき、エステルはパブロの腕を振り払うとアンデリックのほうへ駆けだした。

「エステル！」

「アンデリック様！」

両手を伸ばし、アンデリックはエステルを抱きとめる。

体に馴染んだアンデリックのぬくもりや香りすべてがエステルを包む。細身だがたくましい体と、しっかりとした腕の感触。

アンデリックがどれほど自分を想ってくれているかが伝わってくるようで、エステルは応えるようにしっかりとしがみつく。

「すまない、君をこんなことに巻き込んで。無事か。怪我はないか。ああ、美しい髪が」

片側だけがざっくりと短くなった髪を、アンデリックが泣きそうな顔で撫でる。

その指先の優しさや赤くなった目元に、エステルは胸が締めつけられた。

愛されていると感じられた。

「髪などすぐ伸びます。アンデリック様こそ、お顔に傷が」

「こんなものかすり傷だ。すぐに治る」

「でも」

「ここに来るのに少々手荒い方法を選んだだけだ。おかげですぐに君を迎えに来られた」

再び強く抱き締められる。荒々しくも強い力は、アンデリックの気持ちを雄弁に語っていた。

エステルもまたアンデリックの背中に手を回し、隙間ひとつなく体を寄せ合う。

そんな二人の背後で、パブロが獣じみた叫び声を上げた。

「足を氷漬けにした程度で私がなにもできなくなると？　甘いですね。お優しいあなたが直接私の命を奪うことなどできまい!!　私は生きている限り、あなたを諦めませんよ、アンデリック王子!!」

執念の叫びに、エステルはアンデリックの腕にすがりつく。

「では、どうするつもりだ？」

「ふふ……今この場を王や王妃が見たらどうなると？　忌み子であるあなたが、この国の将軍である私に魔法で攻撃したのです。たとえあなたがなにを口にしたところで、誰も信じない」

　これまでの取り繕った様子は欠片もない。髪を振り乱し、目を血走らせたパブロの態度は、恐ろしさを通り越して哀れなあがきに見えた。

「あなたは国家に仇なす者として処分されるでしょう。当然、その小娘もだ!!　それが嫌なら、私に従えっ!!」

「お前はべらべらと喋りすぎだ、馬鹿が。おかげで俺の口から語ることはもうなにもなさそうだ」

「なにを……」

「聞いていたか間抜けども。お前たちが信頼していた者の正体だ」

　アンデリックが腕を大きく振り上げた。

　すると、何者もいなかったはずのアンデリックの背後に、突然いくつかの人影が現れる。それがアンデリックの魔法によるものだとエステルが理解したのと同時に、パブロが「そんな馬鹿な!!」と引き攣れた声を上げた。

「パブロ、なんてことを……」

「この反逆者め!!　なんと恐ろしい!!」

　悲しげな声を絞り出したのは、豪奢な服を身にまとった初老の男性だ。どことなくアンデリックに雰囲気が似ている。

そして、パブロを罵るような金切り声を上げた女性は、壮齢でありながらも溢れんばかりの美しさと迫力に包まれていた。

「陛下……それに王妃殿下……なぜここへ……!!」

「この者が……アンデリックが私たちをここに連れてきたのだ」

先ほどまでの勢いはどこに消えたのか、うろたえきったパブロが逃げようと体をよじるが、氷に阻まれ動くことができない。

国王と、王妃と呼ばれた女性の背後には、アンデリックと同じ年頃の青年をはじめとした少年少女が立ち尽くしている。

彼らの顔立ちにはどことなくアンデリックと似た面影があり、それが王族であることをエステルは理解した。

「パブロ……」

青年が悲しげな声をパブロに向ける。悲愴な色を滲ませた表情を浮かべる彼こそが、アンデリックの兄である王太子なのだろう。

髪色は異なっていたが、それ以外はアンデリックと瓜ふたつ。

透き通るようなサファイアの瞳までも同じであることに、エステルは驚きを隠しきれない。

「どうしてだ、パブロ将軍。なぜ、あなたほどの人が……！」

「王太子殿下、あなたが悪いのですよ!! なぜそのような美しい宝石眼をしていながら、魔力を持たないのですか!! あなたが出来損ないでさえなければ、私は喜んであなたをこの世界の王にしたのに！」

身勝手極まりない叫びだった。

アンデリックによく似た王太子は顔を歪め、パブロに侮蔑の視線を向ける。

「パブロ将軍……いや、パブロ。たとえ私が魔法を使えたとしても、私もアンデリック同様に戦争は望まない。貴殿は間違っている」

静かな怒りのこもった声すらよく似ていた。

エステルは不思議な気持ちになりながら、アンデリックにしがみついて王太子をぼんやりと見つめた。

そんなエステルの視線に気がついたのか、王太子は悲しげな微笑みを浮かべる。

「やあ、アンデリック」

「ふん……」

二人の王子の間に、おそらく二人にしかわからないなにかが流れた気がした。

奇しくも同じサファイアの瞳を持つ二人の王子。一人は王妃の子でありながらも魔力を持たず、もう一人は不遇な境遇のもとに生まれながらも強大な魔力持ち。

もしお互いの持つべきものが逆であったなら。

ありもしないそんな想像が急に怖くなって、エステルはアンデリックの体に回した腕に力を込めた。

「君には色々と申し訳ないことをしたようだ。この男の処遇はこちらで引き受けよう」

「好きにしろ。俺は静かに生きたいだけだ」

「……もとはと言えば、私が不甲斐ないばかりに起きたことなのかもしれない。アンデリック、すまなかった」

悲しみや辛さを押し殺したような王太子の声に、彼もまた長く苦しんでいたのかもしれないとエステルは感じた。

「違います！　お前はなにも悪くない!!　この者が、この者さえ現れなければ！」

王太子の言葉に納得できないらしい王妃が金切り声を上げ、アンデリックを指さす。美しい顔を歪め、呆然としているパブロとアンデリックを交互に睨みつけている。

「母上……アンデリックにはなんの罪もない。私たちを助けてくれたのも彼だ。もうやめましょう」

「しかし……！」

「彼の魔力によってこの国が支えられていることを認めてください。もう十分です」

王妃は何事か言いたげな様子を見せたものの、悔しそうに唇を噛み締めると、両手に顔をうずめて啜り泣きをはじめた。

王太子のそばにいた他の王子や王女たちが、母親を宥めに駆け寄っていく。

「アンデリック、助けてくれてありがとう」

王太子がゆっくりと頭を下げた。

アンデリックは表情を変えることなく彼を見つめ、はぁ、と大げさに息を吐く。

「俺が勝手にしたことだ。別に感謝されたくてやったことではない」

「それではこちらの気が済まない。なにか望みはあるか」

「……そいつがやったことの責任は必ず取らせろ。そして妻の、エステルの弟を必ず取り返せ」

「ああ、もちろんだ。エステル、君にも謝罪を。必ず君の弟を捜し出すと約束するよ」

「ありがとう……ございます」

それ以上の言葉は、涙で流れて口にすることができなかった。

自分を抱き締めるアンデリックの腕の中で、エステルは静かに涙を流しながら何度も頷いていた。

王太子は後ろを振り返り、呆然とその場に立ち尽くしたまま、なにも言葉を発しない国王に向き合っている。

信頼していたパブロの裏切りも、息子たちの成長もなにも理解できていない顔だ。

「父上。国王として、一人の父親として、あなたは責任を取るべきだ」

国王は王太子の言葉に目を見開き、それから力なくうなだれる。弱々しいその姿に威厳はなく、なにもかもを失った一人の老人にしか見えなかった。

「そうだな……儂《わし》には王など、荷が重かったのかもしれぬ」

力なく答える国王は、アンデリックに顔を向ける。よく似た二人は見つめ合うが、言葉を交わすことはなかった。

その後、喚き続けるパブロは王太子に仕える騎士たちによって運ばれていった。

王妃は子どもたちに支えられるようにしてその場を去り、国王は王太子に連れられて城の奥へ消えていった。

残されたアンデリックとエステルは、すべてが終わりがらんとした廊下でようやく体を離し、手を握ったまま見つめ合う。

夜が明けたのだろう。窓の外から暖かな朝日が差し込み、お互いの顔を照らした。

「家に帰ろう、エステル」

「はい」

屋敷に戻った二人を、涙を浮かべたベルタが出迎えてくれた。

いびつに髪を切られてしまったエステルの状態に怒りをあらわにしながらも、無事であったことを心から喜んでくれるベルタに、エステルもまた泣きながら再会を喜んだのだった。

エステルが服を着替えてようやく落ち着くと、その髪をベルタがいたわるように櫛で梳いていく。

「美しい髪でしたのに……ご主人様、魔法でどうにかできないのですか？」

「いいのよベルタ、髪はまた伸びるわ。でも片側だけ短いというのは恥ずかしいから、そろえてくれない？」

「でも……」

女性の髪を切ることにベルタは迷いがあるのだろう。アンデリックもなにか言いたげな顔をしていたが、エステルは大丈夫だと笑った。

「これは私の誇りだわ。いろんなことと、決別できたような気がする」

新しい自分になれたような気がするのだと、エステルは短くなった己の髪を手で優しく撫でる。

結局、その日は髪を切ることはせず、目立たぬように丁寧に髪を結うだけに留めることになった。

「……あの後なにがあったのですか?」

「奥様が連れ去られた後、ほんの二刻程度でご主人様はあの不思議な腕輪を無理やり外されました。そして残っていた兵士たちをものすごい勢いで叩きのめし、そのままお屋敷を飛び出していかれたのです」

「まぁ」

「嵐のようでございましたよ。兵士たちはご主人様を追って慌てた様子で屋敷から出ていってしまいました。そのときに、昨晩の御客人二人も一緒に出ていかれたようですね」

「まさか兵士たちに連れていかれたの?」

「いいえ。彼らに気がつかれないように、騒動に紛れてご自分たちの馬車で去られたようです」

ラシェルとクロードが無事であり、捕縛されたわけでもないことに安心すればいいのか怒るべきなのかわからず、そう、と短く呟く。

「俺は君を追って城に向かった。城では俺が来るのをあの男の部下が待ち構えていて、王族の連中を広間にひとまとめにしていた」

アンデリックは自分の血縁である王族たちの姿を見て、なにを思ったのだろうか。

感情のない瞳でどこか遠くを見た後、小さく首を振りその記憶を掻き消すようなしぐさをする。

「それで、彼らを助けたのですね」

「……助けたわけではない。あの男の願いを叶えるのが嫌だっただけだ」

どこか拗ねたようなアンデリックの横顔に、エステルは微笑む。

「別にあいつらに復讐したいと思ったこともない。俺が守りたかったのは、君だけだ」

エステルを見つめるアンデリックのサファイアの瞳が、愛しさをこらえきれないというように細まる。

「無事でよかった」

絞り出したような声に彼がどれほど自分を心配し、助けようと尽力してくれたかを理解すると、エステルは胸の奥が苦しいほどに締めつけられるのを感じた。

愛しさが溢れて、たまらなかった。

「アンデリック様。助けに来てくださって、本当に、本当にありがとうございます」

「……礼など不要だ。君は俺の妻で、俺にとっては誰よりも……大切な人だ」

エステルの瞳から一滴の涙が零れる。

こんなに幸せなことがあるだろうか。

「うれしい……！」

エステルはそばにベルタがいるのも忘れ、自分からアンデリックの腕の中に飛び込む。

驚きに目を丸くするアンデリックだったが、すぐに柔らかい微笑を浮かべてその体を抱き締める。

ベルタは「まあ」と顔を赤くし、肩をすくめたのだった。


庭が見たいというエステルの言葉を受け、二人はサロンへ向かった。

ガラス越しに、エステルが育てた花々が日差しを受けながら美しく咲いているのが見える。

アンデリックとエステルはお互いを確かめ合うように身を寄せて座り、しっかりと手を握った。

「これからどうなるのでしょうか」

「どうもならないさ。俺たちはなにも変わらない。俺と君とベルタと静かに暮らしていくだけだ」

「でも……」

「城でのことは気にするな。後始末は連中の仕事だ。王太子の奴がなんとかするだろう」

「優しそうな方でしたね」

「変な奴さ」

ふん、と鼻を鳴らすアンデリックを見つめ、エステルは微笑む。

きっと肉親としての情が二人にはあるのだと信じられた。

「パブロの悪事が露見したことで、君の弟だけではなく同じように家族から引き離された子どもたちもきっと助かる」

「……ええ」

きっと会える。その喜びを噛み締めるように、エステルは片方だけになっていたイヤリングに手を伸ばした。

そのしぐさを愛しげに見つめながら、アンデリックがエステルの頬をくすぐるように撫でる。

「これから先、君は幸せになるべきだ。もう苦しむ必要はなにもない」

「……あなたが私をそばに置いていてくれるのならば、それだけで私はもう幸せです。

アンデリック様にもどうか幸せになってほしい……私はなにをすればいいですか」

「エステル」

抱き締めていた腕をゆるめ、アンデリックはエステルの両肩を抱き彼女をまっすぐに見下ろした。

「ずっと俺の妻でいてくれ。二度と俺から離れないと、俺に心を隠さないと約束してくれ。贖罪《しょくざい》や命令などではなく、俺と結婚していてくれるか……?」

「約束します」

涙で声を震わせながらエステルが答えれば、アンデリックが子どものような笑顔を浮かべる。

そのあどけなさと美しさに、エステルは胸を高鳴らせた。

アンデリックの顔が近づいてきて、エステルは静かに目を閉じる。

優しく、初めての口づけのように重なる唇。

二人きりの結婚式のようだった。

深く想いが通じ合った二人が一度の口づけだけで収まるわけもなく、アンデリックはそのまま何度も口づけを重ね深くしていきながら、エステルの体に不埒な手を這わせはじめた。

顔を赤く染めたエステルは、伏し目がちに「ここではだめ」と甘えた声を上げる。

その様子にアンデリックは獣のように唸ると、華奢《きゃしゃ》な体を勢いよく抱き上げ、大股で寝室に向かった。

恥ずかしさに両手で顔を覆うエステルの髪に、絶え間なく口づけを落としながら、扉を蹴破る勢いで寝室に入り、彼女を腕に抱いたまま寝台へ倒れ込む。

そしてエステルの体をシーツに押しつけるようにして、アンデリックはその唇にキスを落とした。

「あ、ああっ、アンデリック様……」

アンデリックの手が、そこにエステルが存在するのを確かめるかのように体を撫でる。

髪の一本にすら触れ損ねないよう指を挿しいれ、結っていた髪を解いていく。

エステルも、強く自分を求めるアンデリックに応えるように彼の体や髪を撫で、美しい角に触れた。

お互いに服を奪うように脱がし合い、一糸まとわぬ姿でもつれ合う。

触れた素肌はどこまでも熱く、汗ばんでしっとりと張りついた。

「ああんっくぅんっ」

鎖骨を食まれ胸を揉まれたエステルは、悩ましく体をくねらせながら喘ぐ。

つんと尖った胸の先端は赤く色づいて、アンデリックから与えられる刺激を待っているように存在を訴えていた。

「君はここが好きだな」

「ちが……んんっ！」

アンデリックが指先で硬さを楽しむように押し潰しながら白い乳房をふるふると揺らすと、エステルは真っ赤な顔を振って恥ずかしがる。

両手で胸を寄せるようにして優しく包むアンデリックの大きく温かな手の感触が心地良くて、もっと触ってほしかった。

少しだけざらついた男らしい指先と手の腹が胸のかたちを確かめるように動く。赤く熟れた先端をつまんで引っ張られると、どうしようもないくらいに、体が疼いた。

「エステル……ああ、可愛い……」

「やぁ……っ、んっんんぅ」

白い肌を赤く染めてシーツの上で身悶えるエステルをうっとりと見つめていたアンデリックは、エステルの首筋に顔をうずめ、音を立てて何度も肌に吸いついた。散った花びらのような赤い痕が増える度に満足げに微笑み、その唇をゆっくりと胸のほうへ落としていく。

指で散々いじめた胸先をいたわるように舌で舐めまわし、唇でちゅうっと吸い上げる。

「きゃうっん」

まるで子犬のように鳴いて体を跳ねさせるエステルの反応を楽しむように、アンデリックは指と唇を使って存分に胸を味わい尽くす。

色づいた柔らかな皮膚を前歯で優しく齧られると、全身が蕩けそうなほどの切なさが駆け巡って、エステルはたまらず胸に吸いついているアンデリックの頭を抱き締めてしまう。

汗ばんだ頭皮を掻き毟《むし》るように指を絡めながら、愛撫するように角を撫でた。

「気持ちいいか?」

「いいっ……いいですっ……ああっ!」

体を痙攣《けいれん》させ、エステルはぎゅうっとアンデリックの頭を抱く手に力を込め、背中をそらせる。

「胸だけでイったのか?　俺の妻は本当に淫乱だ」

「ごめ、な、さ……」

「褒めてるんだよ。愛してる、エステル」

寝台に腕を投げ出し、なぶられつくしてしっとりと濡れた胸を上下させるエステルに、アンデリックは優しくキスをした。

シーツに沈んだ腰まわりを手のひらで撫でながら、細い脚をゆっくりと開いて抱え上げる。

それに気がついてエステルが上半身を浮かせようとする前に、アンデリックはエステルの腹部に愛しげに唇を落とし、へそのまわりをぐるりと舐めた後、脚の間へ顔をうずめた。

「あ、だめぇ」

咄嗟にエステルが脚を閉じてアンデリックの顔を太ももでゆるく挟む。

すんでのところで阻まれて、彼は少しだけ不満そうに顔を歪めた。

「なにも隠してはいけないと言ったではないか」

「だって、あっ‼」

アンデリックの手がエステルの脚を撫でまわしながら、閉じようとする脚を開く。

達したばかりでろくに力が入らないエステルの体は抵抗虚しく、アンデリックにすべてを晒す体勢になってしまう。

あらわになった割れ目はすでに濡れそぼっており、小さな花芽が赤く存在を訴えていた。

「本当にどこもかしも、いやらしくて可愛い」

「やぁぁ」

指先でつるりとした突起を撫でられ、割れ目を開かれる。

そこに顔を近づけたアンデリックは、舌や唇ではなく、意地悪にも鼻先でそこを優しく刺激した。

「だめ、あああ、だめですっ」

恥ずかしさでエステルが脚をばたつかせるが、アンデリックは構わず顔を動かし、エステルの秘所を暴きたてる。

耳を塞ぎたくなるほどに響くいやらしい水音に、エステルが涙を浮かべていやいやと顔を振るが、アンデリックは容赦なく唇や舌で追い立てるような愛撫を与えてくる。

舌の先で小さくつつましい蜜口を暴き、溢れる蜜を吸い上げる。

真っ赤に腫れた突起を指先で擦られると、エステルは腰を浮かせてその刺激に甲高く叫んだ。

「やっ、だめなのっ、そこだめなのぉ……」

「どこが駄目なんだ？　こんなに濡らして、舐めても舐めても溢れてくる……甘くて、ずっと味わっていたいくらいだ」

「や、しゃべっちゃだめ……ひ、ぃいっんっ」

ちゅうっ、とわざとらしく音を立てて蜜を吸い上げられると、エステルは涙で潤《うる》んだ瞳からぽろぽろと宝石のような涙を零した。

何度も愛されたせいでふっくらとなりはじめている柔らかな割れ目を押し開き、アンデリックの指が入り込んでくる。

熱っぽく蠢《うごめ》く内壁の感触を楽しむように中を掻き分け、暴きたてながらこわばりを解いていった。

「あ、あ、あっ」

エステルがすがるようにアンデリックの腕に手を伸ばす。振り払いたいのか、力の入らない手で自分の秘所をいじくるアンデリックの手を押さえるが、それはむしろ、もっととねだっているように見えた。

その指の動きにアンデリックは低く笑い、エステルの頬に溢れた涙を舐めとり、キスをした。

「んっむううっ……」

舌と舌を絡めるキスの合間に胸を揉まれ、体の中を指でいじられ、エステルのすべてがアンデリックによって満たされていくようだった。

どれほどそんな愛撫が続いただろう。

もう指の一本も動かせないほどに何度も絶頂を味わわされたエステルは、四肢を投げ出し浅く早い呼吸を繰り返していた。

アンデリックは額の汗を乱暴に拭うとエステルの体をやすやすと抱え上げ、ベッドに寝そべった自分の腹の上に座らせた。

「今度は君が俺をよくしてくれ」

「あ……？」

ぐいっとアンデリックが腰を浮かせれば、たくましく反り返った彼の欲望がエステルの尻を撫でた。

なにを求められているのか悟り、エステルは赤い顔をさらに赤く染め、おろおろと視線を泳がせる。

アンデリックは宥めるようにエステルの太ももや腰を撫で、時折腰を揺らしては己の興奮を伝えた。待ちきれず先端から溢れた先走りをエステルに擦りつけ、濡れきったあわいに押しつける。

お互いの体液が絡まるいやらしい音とじれったい感触にエステルは腰をくねらせ、恨めしげにアンデリックを睨みつけた。

「いじわる……」

エステルは意を決し、腰を浮かせた。アンデリックの引き締まった腹に両手を突きながら、腰を揺らして彼の先端を己の位置に当てる。

支えが必要ないほどに硬く反り返って主張する熱棒が、歓喜で激しく脈打っているのが伝わった。

くち、といやらしい水音がして「あっ」とエステルが艶っぽく喘ぐ。

「ん、んっうぅんーーっ」

ゆっくりとエステルが腰を下ろしていけば、彼の味を知っている蜜路は喜びにうねりながらその熱を呑み込んでいく。

「ああ……」

アンデリックも食べられていくような感触に感嘆の声を上げ、喉を鳴らし、心地良い締めつけに目を細めた。

けれど半分ほど収まったところで、エステルはその存在感と熱に怯えたのか腰を止めてしまう。

「やぁあぁぁっ」

「どうした？　まだ入りきっていないのに……怖いのか」

優しい問いかけに、エステルは小さな子どものようにうんうんと頷く。

瞳は完全に蕩けきって、開いた唇からつう、と涎《よだれ》が垂れた。

「きもちよくて、こわい、の……おかしくなる……」

「っ……!!」

「ひっあああっ！」

エステルの痴態にアンデリックは唸り声を上げ、その細腰を掴むと一気に落とさせた。

ばちゅん、と水が爆ぜたような音と共に一切の隙間がなくなる。

その衝撃に悲鳴を上げ、上体をそらしたエステルは甲高く叫び、体を震わせアンデリックを激しく締めつけた。

「っく……入れただけでイッたのか？　俺をよくしてくれるのではなかったのか？」

「あ、あ、ご、ごめんな、さ」

「悪い子だ」

「ひ、あああ、いま、だめぇぇぇぇ」

絶頂の余韻で混乱しているエステルの体を、アンデリックは自分の体を揺らすことで刺激する。

エステルは受け止めきれない快楽に喘いで、ぼろぼろと涙を零すことしかできない。

揺れに振り落とされないように、アンデリックの体に手をついて必死に腰の動きに合わせるだけで精一杯だ。

「頑張らないと、いつまでも終わらないぞ」

「ひゃんっ」

アンデリックの手がエステルの胸に伸び、ふくらみを楽しむように揉みあげる。

そしてつんと硬くなり赤みを増している胸の先端を、指の腹で左右に弾いて弄ぶ。

敏感になっているそこへの刺激だけで、目の前が真っ白になりそうなほどの快感がエステルを襲った。

「んっっ、いじわるっ」

涙で濡れた瞳で睨んだところでアンデリックを煽るだけだというのに、エステルはわからぬ様子で彼を見つめる。

重なる視線はお互い欲に溢れていて、エステルはごくりと唾を呑み込んだ。彼の腹に再びしっかりと手をつき、ゆっくりと腰を揺らしはじめる。

シーツに押しつけた膝に力を込め、ぱちゅぱちゅとリズミカルに腰を上下させ、アンデリックの熱を刺激した。

「あっ、あぁんぁっつ、んっ」

「ああ……最高だ……」

アンデリックは自分の腹にまたがり淫らに腰を振るエステルの姿を満足げに見つめ、愛しさを隠さない微笑みで与えられる快感を味わう。

「あっもう、だめぇぇっ」

「ああ、俺も、だ」

切なく叫ぶエステルの腰を掴み、アンデリックは下から突き上げるようにして力強く抽挿《ちゅうそう》を速める。ずんずんと激しい突き立てにエステルは振り落とされまいとして、アンデリックの胸板に爪を立てた。

その痛みすら刺激になったのか、アンデリックが切なげに眉根を寄せ、ひときわ大きく腰を動かした。

硬く太い先端がエステルの最奥を突き、体の奥でも口づけを交わしているような錯覚を味わう。

根元まで入り込んだまま腰を揺すられれば、ふっくらと腫れたエステルの花芽が押され、エステルはその刺激に思わず、体を貫く愛しい熱を締めつける。

「ああっ!!」

「もう、くううっ」

突然の締めつけにアンデリックが獣のように呻《うめ》いて腰を浮かせ、一番奥に欲望を吐き出す。

エステルも受け止めた熱で全身が宙に押し上げられるような強い快楽の波に流され、体を弓なりにしならせて達した。

「んくぅぅ……」

全身を汗で濡らし、真っ赤に染まった体を、同じく汗まみれのアンデリックの体に落としながら、エステルは受け止めてくれるたくましい体に頬を寄せた。

お互いの荒い呼吸が部屋に響く。

耳をくっつけた素肌からアンデリックの鼓動が聞こえて、エステルはこのうえない幸せに目がくらみそうだと思った。

「……アンデリック様、愛しています」

どんな始まりだったとしても、彼に出会い彼の妻になれたことは、かけがえのない幸福だ。

甘い余韻に身を浸らせながら、エステルは噛み締めるように告白した。

「ああ」

アンデリックはそんなエステルの乱れた髪を整えるように撫でる。

汗に濡れた額をいたわるように撫で、小さな耳たぶを指でつまんで弄ぶ。

「俺も、君をなにより愛している」

「……あっ」

エステルは繋がったままの熱がぐん、と力強さを取り戻したことにうろたえるが、もう遅い。

アンデリックは器用にも繋がったまま体勢を入れ替え、今度はエステルにのしかかるようにして腰を動かしはじめる。

両方の膝裏を掴まれ、大きく脚を広げる体勢にされたエステルは抵抗することもできず、新しい刺激にあっ、あっ、と哀れっぽい悲鳴を上げた。

「あっ、あっ、すこし、まってぇ」

「駄目だ、待てない」

「ひぅあぁぁんっ」

続けざまに与えられる快楽にエステルは「ゆるして」と何度も訴えたが、アンデリックの欲望が尽きる様子はない。

夜明けまで、二人の体が離れることはなかった。

エピローグ

小高い丘の上に建つ、白い屋根の屋敷の周りには、たくさんのカモミーユの花が咲いている。

その花は屋敷の女主人が手ずから育てたもので、屋敷に一歩近づく度に心地良い香りが客人の鼻をくすぐることで有名だった。

「エステル、あまり動きまわるな」

「ふふ、大丈夫ですよ」

花に水をやるために外に出ていたエステルを見つけたアンデリックが、その体を温めるかのように後ろから彼女を抱き締める。

そしてわずかにふくらんだエステルの腹部を包むように手のひらを添え、その奥にある命を慈しんだ。

「一人の体ではないのだ。無理をするな」

「心配性ですね。お医者様にも少しは動いたほうがいいと言われているんですよ」

「だが」

アンデリックの表情は憂いをおびている。

自分の母親が魔力を持った子どもを産んだせいで命を落としたという事実は、今でも彼の心に燻《くすぶ》っているのだろう。

その心を察したエステルは、愛しい夫を困らせないために、家に戻ろうという彼の言葉に素直に従った。

「ああ、エステル様！　また外にいたんですね！　探しましたよ！」

アンデリックに肩を抱かれ戻ってきたエステルを見つけ、足早に駆け寄ってきたのはメイドのカロリーナだ。

鮮やかな赤毛をしたその少女は、まだ幼さが残るそばかす顔をふくらませ、どこに行っていたんですか！　と怒りながら、エステルの体を温めるための羽織をアンデリックに手渡した。

「出歩くならあたしを連れていってください。エステル様になにかあったらベルタさんに叱られます」

「ごめんね、カロリーナ」

アンデリックに羽織を着せてもらい、エステルは微笑みながら謝った。

あの騒動から少しして、王太子からアンデリック宛てに手紙が届いた。

急な流行病で体を壊した王は退位し、王妃と共に辺境の土地で隠居することが決まった、と。

それらがすべて建前であることや、裏で様々な動きがあったことは、アンデリックと共に手紙を読んでいたエステルでもわかった。

しかし王太子は最後まで真実を覆い隠し、建前を貫き通した言葉だけを手紙に綴っていたため、実際のところ城でいったいなにが起こったのか、二人にはわからなかった。

それは、アンデリックを気遣った王太子なりの優しさなのかもしれない。

王と王妃、パブロのいなくなった城に時々でいいから遊びに来て、気が向くなら魔法で助けてほしいとも書いてあった。

その一文にエステルは思わず笑い、アンデリックは怒っているのか困っているのかわからないような表情を浮かべた。

また、パブロ将軍の起こした事件についての報告も添えられていた。

パブロは心の病を患っているとして幽閉が決まったそうだ。

彼は、魔力至上主義の家系に生まれながら宝石眼でも魔力持ちでもなかったことで親から虐げられていたらしい。親の愛を得るため魔法の研究に没頭するしかなかったのだ。アンデリックという稀代の魔法使いに巡り合ってしまったことも彼を不幸にした一因だったのかもしれない。

魔道具という、自分自身に魔力がなくとも魔法を使える技術を知ったことで、彼の思想は一気に過激化した。だが、王国が管理する魔力は自由に使えない。結果、以前から王国の裏で暗躍していた魔力を秘密裏に取り引きする組織と手を組み、宝石眼を持つ子どもの誘拐にまで手を染めるようになったのだと記されていた。

「……さらわれた子どもたちの大半は、もう見つかったそうだ」

「そう、ですか」

アンデリックがジョルジュの靴を頼りにして辿りついた組織から助け出した幼い子どもたちは、すでに親元に帰されていた。

だが、ジョルジュと同じ年頃の子どもは、当時パブロが金で雇った養い親に国内のあちこちで育てさせていたこともあり、まだ見つかっていない者が多い。ジョルジュの行方も依然としてわからないままだった。

しかし手掛かりがないわけではない、必ず見つけるという頼もしい文字を目で辿りながら、エステルは祈るように胸を押さえた。

「君の家族にも、ジョルジュの件は伝わっているはずだ」

「そうですか……」

エステルは父や母、そして姉の顔を思い浮かべながら表情を硬くする。

パブロの差し金だったとはいえ、無断でアンデリックの屋敷に押しかけたうえ、その妻に危害を加えようとした罪により、クロードは財産を没収されたそうだ。

そしてラシェルもまた罪に問われ、その過程でジョルジュの誘拐の原因をエステルになすりつけたと両親に告白したそうだ。

すべてを知った両親から謝罪をしたい、会いたいと願う手紙が届いたが、エステルはいまだに返事を送れていない。

「……会いたいか?」

アンデリックの気遣わしげな声に、エステルはゆるく首を振った。

「いいえ」

どんなに謝罪をされても、エステルが虐げられた日々がなかったことになるわけではない。わだかまりは簡単に消えない。

でも、顔を合わせて謝られればきっと自分は許してしまうのだろうと、エステルはわかっていた。弱い自分にできるのは、関わらないでいるという選択だけ。

「今はまだ、顔を合わせる自信がありません」

「君の気が済むようにしたらいい。もしあちらが無理に君を連れ帰ろうとしたら俺は許さないがな。決して離すものか」

アンデリックは言葉を体現するようにエステルの腰を引き寄せた。そして唇で撫でるようにして、頬や瞼《まぶた》、額や耳元に優しいキスを落としていく。

「アンデリック様……」

くすぐったそうに顔をゆるめたエステルは、彼がするのと同じようにアンデリックの頬に唇を寄せた。

「どうせならこちらに」

強欲なアンデリックはエステルの顎に手を添え、頬に触れようとしていた唇を己の唇に優しく重ねさせる。

しっとりと絡みはじめる舌から与えられる甘美な刺激に、エステルはうっとりと目を閉じるのだった。

そんな甘く幸せな時間が続くかと思われたある日、エステルが急に熱を出した。

食事を口にしてもすべて戻してしまい、アンデリックは自分が死病に取りつかれたかのごとく憔悴し、慌てふためいた。

エステルが気丈にも大丈夫だと口にする度に死にそうな顔をして、とうとう国一番の名医を誘拐まがいに魔法で連れてきてベルタを仰天させた。

「急になんですか！」

「俺の妻が大変なんだ!!」

突然の事態に目を白黒させていた医者だったが、取り乱した様子のアンデリックとベッドで寝たきりになっているエステルを交互に見つめると、さすがは名医といった手つきでてきぱきと診察をはじめる。

そして「ああ」と納得したような声を上げた。

「おめでたですな。夏の終わりには元気なお子さんが生まれるでしょう」

アンデリックはその言葉に目をまんまるにして固まり、ベルタは両手をあげて喜んだ。

どこかで予感していたのか、エステルは医者に「ありがとうございます」と少しやつれた顔で微笑んだ。

ようやく我に返ったアンデリックは、医者になにをすればいいのかと矢継ぎ早に質問を浴びせた。

医者は辟易《へきえき》した様子ではあったが、初めての子どもに浮かれているらしいアンデリックに苦笑いを浮かべながら、妊婦への対応の仕方と、産後にあらわれるであろう様々な症状やその対策を伝授した。

「ここは少し寂しい場所のようだ。子どもを育てるならば、もっと暖かく、広い庭がある場所がいいぞ」

励ましのように笑って肩を叩いてくる医者の言葉に、アンデリックは少年のように目を輝かせて頷いたのだった。

それからのアンデリックの行動は早かった。

新たな国王になっていた兄に手紙を出し、引っ越しの許可を求めたのだ。

元よりこの屋敷は、アンデリックを城から追いやり、王妃の目が届かない場所に留めるために用意されたもの。なんの思い入れもない場所なので手放すことにためらいはない。

国王もアンデリックが辺境の薄暗い屋敷にずっと暮らしていることが気がかりだったらしく、この日のために準備していたとばかりに、新たな住まいを用意したとの返事をすぐに寄こしてきた。

そこは、王都から離れた小さな領地だった。

年中暖かな気候でありながら平坦な土地が少なく、羊や牛などの放牧を主とするその領地は、先代の領主が跡継ぎを儲けぬままに亡くなったばかり。国王が言うには、その土地の新たな領主となってほしい、ということだった。

領主という肩書きにアンデリックは戸惑ったが、エステルとお腹の子どものためだと国王からの提案を受け入れた。

その報告と共に引っ越しの予定を告げられ、エステルはとても驚いた。

なんの手伝いもできないと困り果てるエステルに、アンデリックはなにもしなくていいと告げた。

その言葉通り、エステルはアンデリックの魔法によりベッドに横になったまま新しい屋敷へ越したのだった。

新しい屋敷は以前の屋敷よりも一回り小さかったが、その分暮らしやすく冬でも暖かい。

これから生まれてくる子どもの世話はベルタ一人では荷が重いと、アンデリックは新たなメイドとしてカロリーナを雇い入れた。

新しい暮らしが体に合ったのか、引っ越してすぐに元通り動けるようになったエステルだったが、アンデリックはしきりに心配し、仕事がないときは彼女のそばを片時も離れないほど過保護な夫になり果ててしまった。

その態度にベルタとカロリーナは呆れ、エステルは困った人だと言いながらも幸せそうに微笑んだ。

アンデリックが与えられた領地は小さくも、領民が暮らしている以上、領主としての仕事は少なくはない。最初は慣れないことに苦労していたアンデリックだが、半年を過ぎた今では領民たちに厚い信頼を寄せられるようになっていた。

角の生えた異形の領主だと恐れられるはずだと身構えていたアンデリックだったが、それは杞憂に終わる。

領民たちは、偉大な魔法使いの領主が現れたと喜んで迎え入れてくれたのだった。

自分を受け入れる周囲に戸惑ったアンデリックがその理由を尋ねたところ、彼らはある古い伝承を語ってくれた。

かつてこの土地はもっと寂しく凍てついた土地だったが、ある強大な力を持った魔法使いが現れ、この温暖な気候を授けたのだという。その魔法使いも羊のような角があり、彼曰《いわ》く強すぎる力を制御するために魔力が高質化した証だと語っていたそうだ。

土地を救った偉大な魔法使いの話は、この領地では老人から子どもまでが知っていた。

だから、この土地では誰もアンデリックを恐れなかった。

王都から遠く離れ、様々な発展から取り残されていたゆえに残っていた伝承。あまりに古く、どんな文献にも記されていなかったため、アンデリックは辿りつけなかったのだ。

「俺だけではなかった。俺は、呪われてなどいなかった」

暖かな大地は、アンデリックが抱えていた長年の疑問まで溶かしてくれた。

自分の角が誰かを救う力の象徴だと知ったアンデリックは、エステルの腕の中で静かに涙を流したのだった。


あと数週間で産み月となるある日、エステルはアンデリックに呼ばれ執務室に来ていた。

「どうされたのですか？」

「新しい使用人を雇うことにしたので、君にも会わせておきたいと思ったんだ」

「私に？」

「ああ、きっと気に入る」

アンデリックが自分に人を紹介するなど珍しいと思いながら、エステルは執務室の扉がノックされる音に振り返った。

扉を開け、部屋の中に入ってきたのは初老の男性と女性。夫婦のようだ。女性の後ろには息子だろうか、小さな少年が立っていた。恥ずかしいのだろう、母親の服に頭を押しつけ顔を隠している。

男性は優しく温かな雰囲気で、エステルの姿を認めると深々と腰を折り、丁寧な挨拶をしてくれた。女性もそれにならって挨拶をする。彼らのその姿は、確かに親しみを感じるものだ。

「彼らは別の土地で働いていたのだが、体が弱い子どものために暖かい場所で働きたいと思っていたらしくてな。ちょうど俺が探していた仕事が得意なようだったので、家族で来てもらったのだ」

「家まで用意してもらって、領主様には感謝の言葉もありません。この先の人生、領主様とこの領地のために家族そろって尽力したいと思っております」

確かに素敵な人たちだとエステルがアンデリックの人選に感心していると、母親の陰に隠れていた少年がようやく顔を上げた。

「………………!!」

その少年の瞳は、鮮やかなエメラルドの宝石眼だった。

あどけないその顔は、泣き顔しか思い出せなかったエステルの愛しいあの子の面影を深く残している。

見間違えるわけがない。エステルは驚愕に震える手でその口を覆った。

（ジョルジュ……!!）

動揺でよろめく体を、アンデリックが支える。

力強い手に肩を抱かれたことで、エステルは叫び出すのをなんとかこらえることができた。

「おお、奥様大丈夫ですか？」

男性はエステルが具合を悪くしたのかと思ったらしく、本気で心配している。

妻のほうもエステルのお腹に気がつき、どうか座ってくださいと促す。

アンデリックに支えられ、エステルはよろよろと椅子に座るが、その視線が少年から外れることはなかった。

「……あの、その子は」

「息子のジョルノといいます。おいで、ジョルノ」

男性の呼びかけに、少年が可愛らしい足音を立てて駆け寄ってくる。子犬のように跳ねまわる姿には、間違いなくあの頃の面影があった。

「実はこの子は私たちの本当の子ではないのです。子どもを失くした私たちの前に突然現れ、縁があって養子にしたのです。この子は私たちに神様が与えてくれた宝物なんです。ここの気候が合っているらしく、越してきてからはずいぶん元気になりました」

「宝石眼ですが、この子には魔力がありません。そのせいでずいぶんと酷い目に遭っていたらしく……ああ、こんな話を奥様に聞かせるべきではないですね。とにかく、この子は私たちの大切な息子です。お招きいただいたことを、心から感謝いたします」

慈愛に満ちた表情を浮かべる夫婦に挟まれ、どこか恥ずかしそうに顔を赤らめる少年は、幸せそうな表情をしていた。

エステルの凍りついていた、胸の奥にあるつかえが解けていく。

「そう……」

泣きそうになる気持ちを必死でこらえながら、エステルは大きく頷く。

生きていた。ジョルジュが生きてそこにいる。手を伸ばし抱き締めたいと心が訴えていたが、目の前の彼らは決していつわりの家族には見えなかった。

聞きたいことがたくさんある。姉と名乗りたかった。

喜びと混乱にエステルが打ち震えていると、ジョルノと呼ばれた少年がまっすぐにエステルを見つめた。

あの日と変わらぬ美しいエメラルドの瞳が、眩しいほどに輝いている。

「おねえちゃん、お腹に赤ちゃんがいるの？」

不思議そうなその呼びかけは、どこか幼い。

声も喋り方も、あの頃となにひとつ変わっていない。

「コラ！　奥様に失礼だろう」

「……よいのですよ。ジョルノ、こちらへいらっしゃい」

「うん」

ジョルノは喜んだ様子でエステルに駆け寄る。

元気に動きまわるその姿に泣き出しそうになるが、エステルは必死に涙をこらえながらジョルノの手を握り、己の腹に当てさせた。

小さく温かな手の感触に、お腹の子どもも喜ぶように動きまわる。

「うわ、動いてる」

「もうすぐ生まれるわ。そのときはお祝いしてくれる？」

「うん!!　絶対お祝いするよ!!　おねえちゃんの子ども、きっとすごく可愛いよ」

美しいエメラルドの瞳が輝き、エステルを見つめていた。

夫婦は「人見知りをするジョルノがあんなに懐くなんて」と驚きながらも、その微笑ましい様子に頬をほころばせた。

エステルは涙で揺れる視線をアンデリックに向ける。

それを受けたアンデリックは静かな微笑を浮かべ、エステルとジョルノを見つめていた。

「素晴らしい人たちを招いてくれて、本当にありがとう」

その夜、アンデリックの腕の中で泣きじゃくりながら、エステルはアンデリックに何度も感謝を告げた。

「本当は君の弟としてきちんと連れ戻したかったんだが……彼らから子どもを奪うことはどうしてもできなかった」

「……わかる、気がします」

あの後、エステルは夫妻からどうやってジョルノを養子にしたのかを聞いた。

彼らはもともと小さな宿屋を営んでいたらしい。あるとき、その宿に小さな劇団がやってきた。

その劇団に連れられていたのが、小さなジョルノだったという。

おそらくジョルジュという本当の名前で呼べば足がつく可能性があるため、似た響きの偽名をつけたのだろう。

美しい宝石眼でありながら魔力のない子どもだったジョルノは、彼らに雑用役としてこき使われていたそうだ。酷く痩せていて弱っており、高い熱を出していた。

このまま連れ歩かれれば死んでしまいそうに見えたという。

子どもを失くしたばかりだった彼らはジョルノを憐れみ、引き取りたいと劇団に申し出た。

最初はしぶっていた劇団の面々も、病気の子どもは足手まといだと考えたらしく、夫婦の申し出を受け入れた。

「この子は預かりものなんだ。いつか迎えに来るから、お前たちのもとで育ててほしい」

そう言ってジョルノを預けると、劇団は去っていったそうだ。

おそらくその劇団は、パブロが子どもを隠すために金で雇った連中の一部だったのだろう。しかしジョルノを持て余した彼らは、無責任にも夫婦のもとにジョルノを置いていった。

道理で王太子が手を尽くしても見つからなかったわけだ。

「アンデリック様は、どうやって？」

「……君のイヤリングだ」

「私の？」

思いがけない言葉にエステルは耳たぶに手を伸ばす。

妊娠がわかってからは装飾品を身に着けることができず、しまいっぱなしだったあの片割れのイヤリングのことだろうか。

「あの子は、ずっと君のイヤリングを持っていたんだ。エステル」

アンデリックがエステルに手のひらを差し出す。

そこにはきちんとそろった一対のイヤリングが輝いていた。

「靴と同じように片割れを捜す魔法を使わせてもらった。靴よりも小さく、何度も場所が変わっていたから探すのに時間がかかってしまった。あの子は、これがないと眠れなかったそうだよ」

これが小さなあの子の支えであったと言葉を噛み締め、エステルはしばらくぶりにそろったイヤリングをそっと抱き締めた。

バラバラになっていた大切なものたちが、ようやく戻ってきた気がする。

「彼らはいつかジョルノの本当の家族が迎えに来たときに必要なものだと思って、大切に保管していてくれた。おかげで辿りつくことができたよ」

ジョルジュの養い親がどこまでも優しい人だったことに、エステルは心から感謝した。

そして自分のために弟を見つけ出してくれたアンデリックの深い愛に、胸を詰まらせる。

「今のあの子にすべてを伝えるのは酷だ。もう少し大人になって、君が望むのならば真実を話せばいい。彼らも、君の両親も、きっと救われる」

「……はい」

エステルの返事は涙に震えて、まともな音にならなかった。

今は途切れてしまった縁もいつかは繋がる日がくるかもしれない。かたちは変わってもそばにいる。今はそれだけで十分だと、エステルはアンデリックの胸に顔をうずめた。


それから数週間の後、エステルは元気な男の子と女の子の双子を産んだ。

双子はそろって美しい宝石眼で、エステルは愛しい家族によく似た子どもたちの姿に心から喜んだ。

アンデリックは初めて立ち会うお産に右往左往したが、エステルが無事だったことに涙を流し、子どもを産んでくれたことを何度も何度も感謝した。

子どもを凍らせてしまうのではないかと恐れたアンデリックだったが、小さなその命を抱く手は震えていても魔法を発動させることはなかった。

彼の氷魔法は、その心を反映させたものだったのだろう。

エステルとの愛によって溶けた心は、二度と凍ることはない。

カモミーユが咲き乱れる丘に笑い声が響いている。

太陽の光で輝くエメラルドの瞳をした青年が呼びかけると、花畑を走りまわっていた少年と少女が彼のほうへ走り出す。少女の瞳は透き通るサファイアで、少年の瞳は青年と同じエメラルドだ。

存在そのものが宝石のような彼らは、青空の下で互いに抱き締め合い、幸せに溢れた笑顔で転げまわっている。

少し離れた場所で花の手入れをしているエステルの表情も、どこまでも幸せに満ちていた。

傍らに立つアンデリックもまた、愛しい妻の笑顔を優しく光るサファイアの瞳で見つめている。

「アンデリック様、私、本当に幸せです」

「そうだな」

「いいのでしょうか、こんなに幸せで」

「もちろんだ。君が幸せであることが俺の喜びだ。どうか、俺の命が尽きるまで俺のそばで笑っていてほしい」

アンデリックの顔が近づき、エステルは静かに目を閉じる。

優しく温かな口づけを受け取りながら、エステルはこの溺れるほどの幸せに、心から感謝をした。

番外編　愛を求める日々

足音を殺しながら廊下を歩き、目的の扉に手をかける。

音を立てないように神経を使いながらそっと扉を押し開き、部屋の中に体を滑り込ませた。それから開けたときと同じくらいの慎重さで扉をそっと閉じる。

「はぁ……」

そこまでしてようやく、エステルは安心したような深いため息を零した。

少しでも物音を立ててしまったら起きてしまうかもしれないと、尖らせていた気持ちがようやく落ち着く。

「眠ったのか？」

「ええ、ようやく。今はベルタがそばで見ていてくれます」

「そうか……ああ、ずいぶんと疲れた顔をしているな、エステル。今日も大変だったようだ……おいで」

「アンデリック様」

寝台で本を読んでいたアンデリックは、その本をサイドボードに置くと両手を広げてエステルを招き入れる。

一瞬恥ずかしそうに頬を染めたエステルだったが、愛しい夫の誘惑にはあらがえず、ゆっくりと寝台に上がりその腕の中にすがりつく。

アンデリックの体に身を預けるエステルは、彼の胸板に甘えるように頬を擦りつけて、深く息をしながら体の力を抜いた。

「しかし……あの子たちにも困ったものだ。君の腕以外では眠らないとは、誰に似たのか」

優しい手つきで髪を撫でてくれるアンデリックが、拗ねたような口ぶりでそう言うのを聞きながら、エステルはくすくすと小さな笑いを零した。

「仕方ありませんよ。まだ、生まれてほんの半年ですよ？」

「とはいえ、君をここまで疲れさせているとなると気が気ではない」

「ふふ……そう言ってくださるだけでうれしいです」

「エステル……また痩せたのではないか？」

髪を撫でていたアンデリックの手が滑り下りて、エステルの背中を撫でる。

確かに以前に比べて少しだけ骨が浮いたような気がするが、自分ではそこまでとは思っていなかった。だが、アンデリックが心配するのならば食事量を少し増やさなければとエステルは思いを巡らせる。

「食べてはいるんですけど……どうしてもあの子たちが……」

苦笑いしながらエステルが押さえたのは自分の両胸だ。つい先ほどまでもそこに一生懸命吸いついていた小さな子どもたちの姿を思い出し、エステルは頬をほころばせながらも、ふう、と疲れの滲む吐息を零したのだった。


半年前、エステルは可愛い双子の男女を産み落とした。二人そろって顔立ちは父親であるアンデリックそっくりで、とても可愛らしかった。

慣れない子育ては大変だったが、アンデリックもエステルも幸せでいっぱいだった。

出産の知らせを受け、アンデリックの兄である国王からは、贈り物だけではなく乳母を寄こそうかという提案もあったのだが、エステルはそれを断った。自分で子どもたちを育てたいとずっと思っていたのだ。

ベルタたちの協力もあり、なんとか順調かと思えた初めての育児生活だったが、つい最近になってある問題が勃発した。

「なぜ俺じゃ駄目なんだ……」

落ち込んだ表情を見せるアンデリックに、エステルは困り果てた顔をするしかない。

これまでは夫婦やベルタたちと代わる代わる寝かしつけをしていたのに、双子が突然エステル以外を拒否するようになったのだ。

昼間はこれまでと変わらず、誰に抱かれてもニコニコしているし機嫌も良い。だが、夜になるとうって変わって泣きじゃくり、エステル以外のすべてを拒絶するようになった。眠りも浅く、寝かしつけても何度も何度も起きて泣き喚く始末。

なにか重大な病気なのではないかと気を揉んだアンデリックは、またしても魔法で医者を呼び寄せたのだった。

「この時期にありがちな夜泣きですな。根気強く付き合っていれば、いつしか落ち着くでしょう」

げんなりした様子の医師が下した診断に二人は安心した。時間が解決してくれると。

だが……

「もう半月は経つぞ……誤診だったのではないか?」

「子どもがいる人に話を聞いてみたのですが、よくあることだそうですよ。もう少しすれば、きっと落ち着きます」

「もう少し……」

目を細めてなにかを考え込むアンデリックの顔がまるで機嫌を損ねた子どものように見えて、エステルは微笑ましい気持ちになる。

手を伸ばし、美しい銀髪とそこから覗く角をあやすように撫でていると、アンデリックの視線が自分の胸元を熱っぽく見つめているのがわかった。

「……ようやく、君との夜が過ごせると思ったのに」

「あっ」

背中を撫でていた手が前に回り、エステルのふっくらとした胸を優しく包む。

双子に乳をやっている影響でかつてよりも重さを増した胸を下から掬い上げるようにやわやわと揉まれ、エステルは体を震わせる。

「本当に柔らかいな……このまま食べてしまいたい」

「んっ……アンデリック様っ」

薄い夜着の上から胸の先端を指で押し潰すようにこねられると、甘ったるい声が零れてしまう。

赤子に吸われているときはなんともないのに、どうしてこの人の指だとおかしくなるのだろうとエステルは潤《うる》んだ瞳でアンデリックを見つめた。

「エステル」

顔が近づき、唇が重なる。

最初はついばむように触れるだけだったキスはどんどん大胆になり、お互いの舌を絡め合うものに変わっていく。

キスの合間に、エステルはアンデリックの髪を掻き混ぜながら、艶やかな両の角に指先を絡めて弄ぶ。

ちゅちゅと音を立てて唾液と舌を吸い上げられると思考は熱に浮かされてしまい、エステルはアンデリックに翻弄されてしまう。

優しく体を抱き締められたまま、体勢を入れ替えられベッドに背中を沈ませたエステルに、今度はアンデリックが覆いかぶさってくる。

何度も何度もキスをしながら、アンデリックが夜着の隙間から手を差し込んだ。ふっくらとした胸のかたちを確かめるように優しく触れてくる。その動きから伝わるいたわりや愛情に、エステルは胸がいっぱいになる思いだった。

長い指が、すっかり元に戻っているエステルの薄い腹や腰を撫でながら、ゆっくりと下りていく。

「あっ」

下着越しに、アンデリックの手がエステルの敏感な場所を撫でた。ぴったりと閉じた割れ目を開くように指を這わせ、円を描くように花芯や蜜口を刺激されると、たまらない痺れと熱が痛いほどにこみあげてくる。

「濡れているな？　待ち遠しかったか」

「やっ、そんなこと……んぅ」

アンデリックの指は、エステルを焦らすように下着の上からだけしか触れてこない。

割れ目を上下にこじ開けるように撫でまわしながら、ほころびかけている蜜口をこねたり、指の先でノックするようにつついたりするばかりだ。

「だめぇ……やっ……！」

小刻みに体を震わせ、もどかしさにエステルが身をくねらせると、アンデリックが楽しそうに吐息で笑った。

「そんなに欲しいのか？」

「ひぅんっ、い、じわるしないで……きゃっアッ!!」

下着越しでもわかるくらいにぷっくりとふくれた花芯を爪先で削るように引っかかれ、エステルは腰を浮かせて甲高く甘い声を上げる。

瞳の端に溜まった涙がぽろりと零れたのを、アンデリックの舌が追いかけるように掬い取った。

目の端や頬、鼻先や唇とキスの雨を降らせながらも指先は相変わらず、じれったい刺激を与えている。

服の中で蠢《うごめ》くもう片方の手も、胸を優しく包むように揉むばかりで決定的な場所に触れようとはしない。

「俺がどれだけ君に飢えていたと？　君の口から言ってくれ、俺が欲しい、と」

「あ、アンデリック様っ……きゃう」

ぐりっと親指で花芯を抉《えぐ》るように押し潰され、一瞬で体が高いところへ放り出されたような錯覚に襲われた。

もう我慢なんてできないとばかりにシーツを握りしめていた手をアンデリックの首に回したエステルは、酷い、と甘えた声で鳴きながら赤く染まった唇を彼の耳元に寄せる。

「お、おねがいします……私に……」

可愛い妻のおねだりにアンデリックが口元をほころばせた、その瞬間だった。

「ぴえええええええ」

「!!」

廊下の先から響き渡る見事な二重奏に、二人はぴたりと動きを止めた。

次いでバタバタとした足音と、よしよしと泣く子をあやしているベルタたちの声。だが泣き声はやむどころかどんどん酷くなるばかりだ。

「アンデリック様……」

「はぁ……」

このうえなく長いため息を零したアンデリックが、名残惜しそうに顔を歪めながらエステルを解放する。

自分の下ですっかり乱れ桜色に染まった妻を見つめる瞳には、隠しようもない無念さが滲んでいたが父親の矜持《きょうじ》でなんとかそれを封じこめたのだろう。

乱暴に髪を掻き上げながら寝台の端に座った背中には、哀愁が漂っているように見えた。

乱れた服を整えながらその背中を見つめるエステルは苦笑いを浮かべ、アンデリックの頬に自らキスを落とす。

「もう一度寝かせてきますね。待っていてください」

「……わかった」

後ろ髪を引かれながらもエステルは夫婦の寝室から飛び出し、まだ泣き止まない愛しの我が子の部屋へ急いだのだった。

ふたつ並んだ無防備な寝顔を眺めながら、アンデリックはうっかり零れそうになるため息を必死で呑み込んだ。

二階の角に設けた子ども部屋は、昼間の明るい日差しと暖かな風のおかげでとても過ごしやすい。

夜の癇癪《かんしゃく》が嘘のように眠りこけている双子の頬はバラ色で、あどけない唇はなんとも言えず可愛らしい。

昼間の明るい日差しの中ならこんなにも大人しいのに、どうして夜になるとあそこまで泣き叫ぶのか。魔法でその気持ちを確かめてみようかと思ったが、魔力に対する耐性のない赤子に魔法を使うのはもってのほかだ。それにたとえ心が覗けても、まだ言語という概念がないこの子たちの気持ちを正確に知るのは不可能だろう。

「昼寝のしすぎで夜寝られないいんじゃないのか？」

片割れの頬を指先で軽くつついてみても、起きる気配はない。

一度試しに昼間、遊びに遊び倒して寝かさず夜を迎えたことがあったが、そのときは普段以上に悲惨な結果になった。曰《いわ》く、眠たすぎても機嫌が悪くなってしまうのだそうで、アンデリックは子育てのままならなさに本気で頭を抱えたのだった。

昨晩子どもたちのもとに戻ったエステルは、夫婦の寝室には戻ってこなかった。

明け方になって子ども部屋を覗いたアンデリックが目にしたのは、双子と共に寝息を立てているエステルの姿だ。

小さく愛らしい自分の血を引く子どもたちと、この世界で最も愛すべき愛しい女性。その三人が並んでいる光景は、このうえなく神聖なものに見えた。

疲れの滲んだ頬にかかる髪をそっと整えてやりながら、アンデリックは胸をいっぱいにする。

幸せだ、と思う。

なにもかもを諦め、孤独に死んでいくとばかり思っていた自分に、居場所と生きる理由を与えてくれたエステル。

愛情だけではなく、家族まで与えてくれた彼女をなにより大切にしたいと思う。だが。

「……父は生殺しだぞ」

赤子に言うべき言葉ではないが、どうしてもぼやきたくなってしまう。

通常ならば産後の月が明ければ夫婦生活を取り戻しても大丈夫と言われているが、エステルが産んだのは双子で、そのうえ宝石眼。

体に大きな負荷がかかっていることを考えれば、二、三ヶ月は様子を見たほうがいいという産婆の言葉にアンデリックは大いに納得した。負担をかけるのは絶対に嫌だったからだ。

三ヶ月を過ぎた頃、そろそろとエステルを寝室に誘ったが彼女はまだ赤子と離れがたい様子を見せていたため、アンデリックは再び我慢をした。

そしてようやく半年が過ぎ、子どもたちもまとまって寝るようになったからとエステルのほうから声をかけてきたときは飛びあがらんばかりにうれしかったのに。

まるで母親から引き離されることを察知したかのように、双子の夜泣きが始まってしまった。

気を利かせたベルタたちは、自分たちが引き受けるからと言ってくれたが、どんなに頑張ってもエステルが帰ってくるまで泣き続けるため、結局はアンデリックが折れるしかなかったのだ。

昨晩のように首尾よく寝てくれたと思っても、いい雰囲気になると必ず呼び出しがかかる。

なんとか再び寝かしつけてエステルが夫婦の寝室に戻ってくることもあるが、疲れ切っている彼女はアンデリックの体にしがみつくとすぐ寝息を立ててしまうのだ。

柔らかくいい匂いのする恋しい妻が腕の中いるのに、なにもできない拷問のような状況。

かつてのように回復魔法をかければよいのでは？　と考えたこともあったが、そこまでしてしたいのかと思われるのが嫌でどうしてもできなかった。アンデリックにできるのは、エステルが少しでもよく眠れるように安眠できる魔法をかけることだけ。

自分のそばで安心しきって眠る彼女が幸せであればいいと願いながら、アンデリックは自分の煩悩と戦い続けている。

「アンデリック様、お疲れですか？　なにか考え込んでいるようでしたが……」

そんなアンデリックの複雑な男気を知ってか知らずか、エステルが気遣わしげな表情を浮かべ声をかけてきた。

今日のエステルは明るい若草色のワンピースを着ていて、まるで少女のように可愛らしい。子どもを二人産んだとは思えないほどの可憐さに、昨晩中途半端なところで放り出された欲望がずくりと疼くのがわかった。

「……いや、昼間はそばで喋っても起きないのに不思議だと思ってな」

「本当ですよね。ふふ、よく寝てる」

アンデリックの肩に手を添え、双子を覗き込むエステルからは甘い匂いがした。

ぐう、と喉の奥で唸ったアンデリックはそっとエステルの腰に腕を回し、その体を引き寄せる。

「あっ」

「エステル……」

柔らかな髪に顔をうずめ、その匂いを胸いっぱいに吸うと、昂《たかぶ》っていた気持ちがさらに燃え上がる。

腰を掴んでいた手を動かし、ふっくらとした尻を撫でれば、エステルがもう！　と怒ったような声を上げた。

産後の忙しさのせいか腰から上はすっかり元の華奢《きゃしゃ》な体つきに戻っていたが、尻だけは妊娠していた名残を残したままだ。

見た目だけではなく、手触りまでもがアンデリックを魅了する肉づきをしている。

ここに思い切り顔をうずめたい。そんな妄想をしてしまうほどにはエステルの体に飢えていた。

「ひ、昼間ですよ……!?」

「昨晩は戻ってこなかったではないか」

「それは……あっ、だめっ」

スカートの上から魅力的なふくらみと割れ目を撫で、奥まった部分へ指を伸ばす。逃げようとする体を引き寄せ腕の中にとらえると、柔らかなこめかみにねだるようなキスを落とした。

「少しだけだ……な……」

「ンっ、だめです……いまはっ……」

熱をおびて柔らかくなっていく可愛らしい体とは裏腹に、抵抗する言葉ばかりを吐く唇をアンデリックが自分の唇で塞ごうとする。

だが、その動きはやはりすんでのところで中断せざるを得なくなってしまった。

「エステルおねえちゃん～！」

明るく可愛らしい声が、開けてあった窓から入り込んでくる。

その声に眠っていた赤子もそろってぱちりと目を開け、あたりをきょろきょろと見まわしはじめた。

「……ジョルノが来ているんです。だから駄目って言ったのに……」

ぷう、と頬をふくらませるエステルの顔はやはり可愛いが恨めしい。

「子どもたちの顔が見たいと……野菜も届けてくれたんですよ」

「……そうか……」

ここで怒ったり拗ねたりするのは大人げないとアンデリックは何度も自分に言い聞かせ、エステルの体に回した腕をゆるめたのだった。

二人でそれぞれに赤子を抱えて一階に下りれば、エメラルドの瞳をした少年が文字通り目を輝かせて立っていた。

「うわぁぁ、大きくなったね」

「ふふ。この前からまだ一週間しか経っていないじゃない。そんなに変わらないわよ」

「ううん。とっても大きくなったよ、ああ可愛いなぁ」

エステルとアンデリックの腕に抱えられた赤子を交互に見つめ、微笑むジョルノ。その顔を見るエステルの表情も幸せに満ちている。

生き別れの姉弟であるエステルとジョルノだが、その事実を知るのは今のところアンデリックとエステルだけだ。王都にいる国王には一応は報告済みであるが、エステルの生家にはいまだに連絡を取っていない。

養い親たちに気を使っている部分もあるが、いたずらにジョルノの心を乱したくないというのがエステルの考えだった。

「……親になってみてわかったんです。あの人たちのしていたことがどれだけおかしかったのか」

双子を抱き締め、沈痛な表情を浮かべるエステルの肩を、アンデリックはそっと抱いた。

エステルは双子が生まれたことも生家には報告していない。それほどまでに彼女の抱えた心の傷は深いのだろう。

「君の好きにしたらいい。俺は君の意志をなにより優先するよ」

「ありがとうございます……」

そんなこともあり、ジョルノに自分が実の姉であることをまだ打ち明けていないエステルではあったが、やはり数年ぶりの再会であることや、離れている間に積もった恋しさを我慢はできないのだろう。頻繁にジョルノとの交流を重ね、ジョルノもまたエステルを姉と慕い、仲睦まじい。

双子のこともジョルノはことのほか可愛がっており、やはり流れる血が引き寄せるものなのだろうかとアンデリックは感じていた。

「早く歩かないかな。一緒にお散歩したい」

「まだ早いわよ。ああ、でも庭で日向ぼっこするくらいはいいかもしれないわね」

「本当？　僕もいいの？」

「もちろん」

顔を見合わせて微笑み合う姉弟の姿に、アンデリックの気持ちも満たされていく。

愛のある家族とはこういうものなのだという理想がそこにある。

「アンデリック様も是非一緒に」

「ああ」

そしてその中に自分が含まれているという事実が、なによりもうれしかった。

＊＊＊

「それでは俺は少し仕事に戻る。ゆっくりしていってくれ」

「はい！」

ジョルノとエステル、それと双子たちに見送られながらアンデリックは領主館へ出かけていった。

その背中がどこか寂しそうに見えたのは気のせいだろうか。

彼が乗り込んだ馬車を見送りながら、エステルは零れそうになるため息をなんとか呑み込む。

アンデリックは、慣れてきたおかげでここに来た頃ほど忙しくはないと言うが、領主ともなればなにかとやることは多いようではあった。

産後しばらくはエステルに付き添うために休んでくれていたが、半年を過ぎればそうもいかないのが現実なのだろう。

幸いなのはこの領民たちが彼を受け入れてくれていることだ。エステルのことも奥様と親しげに呼んでくれる人は多い。

「おねえちゃん？　どうしたの」

「……ううん、なんでもないわ。行きましょう」

腕の中で小さく暴れる赤子をあやしながら、ジョルノを連れて屋敷の中に戻る。

「可愛いなぁ……こんなに小さいのに生きているなんて……ほんとうに可愛い」

ジョルノは双子に夢中だ。本能で血の繋がりに気がついているのかもしれない。子どもたちをあやす姿を見ているだけで、本当に幸せだと思える。

実際、今の自分は幸せなのだとエステルはわかっていた。

愛しい夫、優しい使用人、可愛い子ども、ずっと捜していた弟。これで不幸せだと思ったら罰が当たるだろう。だが
（……アンデリック様を満足させられていない、のよね）

昨晩、中途半端になってしまった戯れを思い出し、エステルはうっすらと頬を染める。

子どもを産んでしばらくはそんな気持ちにならなかったが、半年を過ぎた頃にはエステルのほうもなんとなくそろそろかなと待ちわびるようになった。

けれど、まるでそれを見計らったかのように双子たちの夜泣きが始まり、結局はお預

け状態だ。

申し訳ないと思う気持ちはあれど、まだまだ手のかかる子どもたちに寄り添っていたい思いも強く、ついアンデリックの優しさに甘えてしまっている。

さっきだって、アンデリックの手は明確に意思を持って動いていた。

エステルだってしたくないわけではないのだ。

むしろ彼に触られると、体が歓喜に震えてしまう。

かつては子どもを作らなければという使命感で必死だったが、想いが通じ合ってからの行為はただただ溺れるほどに幸せなものでしかない。

（よくばりね、私）

以前は自分の不幸を嘆いて贖罪《しょくざい》することばかり考えていたのに、欲しかったものを手に入れた途端、愛しい人の幸せまで欲しくなってしまった。

今は難しくても、双子たちがもう少し大きくなれば、もっと夫婦の時間が取れるはず。

そうなったらいっぱい彼を甘やかそう。

そんな計画を立てながら、エステルは目の前の愛しい家族を見つめた。

ジョルノは誘拐された後、虐げられていた影響か、年齢よりも幼い言動が目立つ。

しかし養い親である老夫婦曰《いわ》く、ここに住みはじめて急にジョルノは成長しはじめたのだという。

　確かに再会したときよりも背がずいぶん伸びたし、顔立ちも凛々しさが増してきた気がする。

「可愛いなぁ」

　それはジョルノが赤子たちと触れ合うようになったからかもしれない、とエステルは考えていた。

　庇護されるべき存在であったジョルノのそばに、自分以上に弱く小さな存在が現れたことで、本能的に大人になろうとしているのかもしれない。

（今はまだ無理でも、そう遠くない未来で、ちゃんと話ができるのかも）

　離れていた歳月をすぐに埋めるのは無理でも、これから作っていけばいい。

　先は長いが、再会だってできたのだ。きっとうまくいく。

「ねえ、今度一緒にお出かけできるのはいつ？　僕、お弁当持ってくるよ」

「あら素敵ね。私もなにか用意しなくちゃ。アンデリック様のご都合もあるから、聞いてみるわ。日付が決まったらすぐ知らせると約束するね」

「うん、やくそく」

　もう二度と会えないと思っていた愛しい弟と指切りを交わしながら、エステルはふわりと笑みを浮かべたのだった。

その夜、珍しく早く眠ってくれた双子をベルタに預け、エステルはアンデリックにジョルノとの約束について相談した。

せっかくならベルタやカロリーナも連れて、少しゆっくり時間が取れないかと考えたのだ。

忙しく過ごしているアンデリックにも気持ちを休めてほしいと思ってのことだった。

「そうだな……すぐには無理だが三日後なら時間が取れるだろう」

「本当ですか？」

「ああ。今は領地も落ち着いているし、大きな仕事はない。半日くらいなら問題ない」

「うれしい」

エステルは思い切りアンデリックの体に抱き着いた。

背中に腕を回し、ぎゅっと体を押しつける。

「おい……」

「アンデリック様……」

昨夜や昼間の分を埋めるように、アンデリックの体に自分の体を押しつけた。

自分も同じ気持ちなのだとわかってほしくて。

所在なげに空を掻いていたアンデリックの手が、ようやく背中に回される。優しく包むような抱擁だけでも、エステルは心の奥が満たされていくのを感じた。

でも、本音を言えばもう少しだけ触れていたい。

「あの、今日はジョルノがいっぱい遊んでくれたから、多分もう少しあの子たちも寝ていると思うんです……」

「うん？」

「だから……その……」

自分からねだるのは死ぬほど恥ずかしかったが、もじもじしていたらすぐに子どもたちが泣き出してしまうかもしれない。

それに、いつだってアンデリックは、エステルばかり気持ち良くして中途半端なところで終わってしまう。

「私……旦那様に触れたい」

「……俺に？　今抱き着いているじゃないか」

「そうじゃなくて……」

エステルは背中に回していた手をほどいて、アンデリックの胸のあたりに触れた。するすると小さな手を遠慮がちに下ろし、へそのあたりで一度止める。

アンデリックが息を呑む音が聞こえたが、ここまできたらもう勢いだとエステルはズボンの上からそこに触れた。

まだ少しだけ柔らかいそこは、エステルの手を感じたのかぴくりと身をもたげ、じわじわと硬くなっていく。

「おい、エステル……！」

「座って、旦那様」

わざと名前で呼ばずに、エステルは少しだけ意地悪っぽい笑みを浮かべてアンデリックを寝台に腰掛けさせた。

これまでずっと翻弄され続けてきたのだ。たまには少しくらい大胆になってもいい気がしていた。日々の子育てのおかげか、以前よりもずっと気持ちが強くなっている気がする。

アンデリックは突然豹変した妻の態度に理解が追いつかないのか、おろおろしながらも大人しくエステルに従っている。

サファイアの瞳は不安交じりながらも、どこか期待したような色に輝いている。

そんな顔を見るのは初めてで、エステルは思わず唾を呑み込む。ああ、いつも彼はこんな気持ちで自分を抱いていたのか、と。

「動かないで……くださいね……」

大胆な気分とはいえ、初めての行為なので羞恥心は拭いきれない。震える手でそっとアンデリックのズボンに手をかけ、紐をほどき中からそれを取り出す。

「っ……！」

顔を出した彼の欲望はすっかり立ち上がって、エステルに触られるのを待っているかのように脈打っていた。先端に溜まった滴がつぅぅと零れて竿を滴り落ちていく。

久しぶりに目の当たりにするそのたくましさに、見ているだけなのにお胎の奥が熱を持ってじくじくと疼いた。

指先でそっとかたちを確かめるように撫でていると、アンデリックが「くぅっ」とどこか可愛らしい声を上げる。

「えっと……」

あまり強くしては痛そうだしと、エステルはそっと両手で包むようにそれを持って上下にしごいてみた。

アンデリックの先端から吐き出される蜜が潤滑剤になってどんどん滑りが良くなっていく。くちくちと鳴るいやらしい音に、エステルは自分の気持ちがどんどん高揚していくのがわかった。

普段、表情を崩すことがないアンデリックが切なそうに眉根を寄せ、唇を引き結んでいる表情もまた、エステルの女としての部分を刺激する。

どんどんと硬さと長さを増していくそれを、もっと良くしてあげたいとエステルはそっと顔を近づけた。

尖った先端にキスを落とし、滲んだ蜜を吸い上げる。あまりおいしくはないが、愛しい彼のものだと思うともっと味わいたくなる不思議な味だ。

「エス……くっ、だめだっ」

切羽詰まったような声を上げて、アンデリックがエステルの頭を軽く押してくる。やはりそこに口を当てられるのには抵抗があるらしかった。だが、これまで散々されてきたことなのだからとエステルは引かず、力がほとんど入っていないアンデリックの手を頭に乗せたまま、ぱくりとそれを口に含んだ。

「うっ……！」

舌を使う度に聞こえてくる声が愛しくて、彼の反応が良いところを必死に舐めたり吸ったりを繰り返す。歯を立てないようにするのは難しかったし、うまく息ができず苦しかったが、彼が自分の舌や手で気持ち良くなってくれているという事実がエステルの胸を満たした。

必死に吸い上げてから、子猫がミルクを舐めるように丁寧に先端を味わう。蜜を溢れさせる鈴口に舌をねじ込めば、それはまるで生き物のように跳ねた。

見上げたアンデリックの顔は真っ赤で、切なげに細められた瞳は情欲に染まっていた。額に滲む汗で張りついた前髪が、酷くいかがわしく見える。

さっきまでこの行為を退けるために頭に置かれていた手は、いまやエステルの動きを助けるように顎や頬を撫でまわしていた。

「ああ……凄くいやらしい顔だな、エステル……たまらない……」

「んううっ……」

見られている、ということに腰の奥がきゅんと疼いた。

うっとりと目を細め、自分が与える刺激に酔うアンデリックは恐ろしいほど美しい。

感極まって、口の中で跳ねるそれを思わず強く吸い上げてしまう。

「ぐっ……そんなに吸うな……ああっくそっ」

アンデリックの腰が大きく揺れ、それが一気にふくらむのがわかった。

このまま口で、と思ったのだが大きな手がエステルの頭を掴んで無理やりそれを引き抜く。

先走りと唾液が混ざり合ったものがぼたぼたと床を汚すのと同時に、アンデリックの先端から白いものがびゅるりと飛び出し、エステルの顔を汚した。

「え、あっ……？」

「すっ、すまない!!」

慌てふためいた様子で、アンデリックは寝台からシーツを剥ぎ取りエステルの顔を拭った。

本当は全部口にするつもりだったのに、その願いが叶わなかったことが不服ではあったが、いつもとは違うアンデリックの態度が見られたことにエステルは満たされた気持ちだった。ちゃんと最後まで気持ち良くさせることができた、と。

「まったく……急にどうしたんだ……」

「……いつも、してもらってばかりなのでお返しがしたくて。子どもたちのことがあって、落ち着かなかったでしょう？」

「それはそうだが……ああくそっ……」

怒ったような困ったようなアンデリックの表情がたまらなく愛しくて、またしてあげたいと思ってしまう。今度こそはちゃんと口で飲み干したいなんて考えながら、エステルは小さく笑った。

「エステル……」

名前を呼ぶ声は熱っぽい。視線を下ろせば、さっき達したばかりのアンデリックの雄《おす》が再び頭をもたげはじめていた。

エステルもまた、自分の中に疼く熱を自覚していた。下着の中が恥ずかしいほどに濡れて気持ち悪くて、どうにかしてほしい。アンデリックで満たしてほしい。

お互いどちらともなく顔を近づけ、唇を重ねかける。でもやはり。

「「ぴえええええええ」」

本当に狙い澄ましたかのような泣き声の二重奏に、アンデリックが切なげに呻《うめ》いた。

お互い視線で残念さを訴えつつも、泣く子には勝てない。ちゅっと唇を合わせるだけの軽いキスをして、エステルはアンデリックから身を離して立ち上がる。

「……行ってきますね」

「ああ」

服を整えながら情けない表情を浮かべている愛しい夫に笑いかけ、少しは満足してくれただろうと考えながらエステルは子ども部屋に急ぐ。

それを見送るアンデリックの視線が未練にまみれていたことに、ご機嫌な彼女は気づかなかった。

前日までの曇天が嘘のように、よく晴れた朝だった。

皆で出かけられることがうれしい様子のジョルノと共に、近くの林までピクニックだ。

双子たちは朝から機嫌が良く、目的地までの道のりでは乳母車の中でずっと眠ってくれて助かった。

目的地についてからもベルタやカロリーナ、それにジョルノが双子の世話をしてくれるおかげで、エステルとアンデリックは少し離れた場所でゆったりと様子を眺めることができていた。まだ仰向けで転がることしかできない双子たちと、その一挙一動に目を輝かせるジョルノの姿は、見ているだけで心が温かくなる。

しばらくそうしていると、遊び疲れたのか双子とジョルノは体を並べて眠ってしまったようで、ベルタが上掛けをかけてやっていた。

「旦那様、奥様、子どもたちはあたしたちが面倒を見ますので、散策にでも行かれてくださいな」

駆け寄ってきたカロリーナの表情は明るい。なにかと子どもたちに振りまわされがちな夫婦を気遣ってくれてのことだろう。

顔を見合わせた二人は、その言葉に甘えて彼らから離れ、林の中を散策することにした。

体を寄せ合い人気《ひとけ》のない道をゆっくり歩く。

昼間に二人きりの時間を過ごすのは、本当に久しぶりな気がした。

「静かですね……」

「そうだな」

鳥のさえずりや風の音しか聞こえない場所で二人きり。

アンデリックの手がそっとエステルの腰を抱いた。外ですよ、と咎めたかったが、その腕の強引さに言葉が詰まる。

「あっ」

抵抗する間もなく腕の中にしっかりと閉じ込められた。

「エステル……」

エステルの唇が、やけどしそうなほど熱い吐息にくすぐられると同時に深く塞がれる。入り込んできた舌が口の中をまさぐって、奥に隠れようとしていたエステルの舌を探し当てた。

「ん、んっ」

せめてもの抵抗にアンデリックの胸板を押し返してみるが、びくともしない。むしろエステルの動きに気がついたアンデリックは、逃がすまいという力強さで拘束を強めてくる。

唾液の混じり合う音が静かな林の中にこだまする。

膝が震え立っていられなくなった体を、アンデリックは優しく抱きかかえるようにしながらも、キスを止める気配はない。

「う、ううううんっ」

こんな熱いキスはいつ以来だろう、とぼんやりとした頭で考えながらも、エステルはアンデリックの舌に応えはじめる。彼が求めてくれている。それが幸せで、体の中がとろとろに溶けてしまいそうだった。

「……ぁ……」

名残惜しそうに唇を離したアンデリックが、垂れた唾液を辿るようにエステルの細い顎を舐めて首筋へ下りていく。薄い皮膚を舐められ、歯を立てられると、体から勝手に力が抜けてしまう。

「はうっ……だ、だめですっ、アンデリック様っ、ここは……」

外ですよ、と言いかけた唇をついばむようなキスが塞いだ。ちゅっちゅと何度も何度も触れるだけのキスを落とされる。

目の前に輝くサファイアの瞳が、潤《うる》みをおびて輝いている。

「昨日、あんなことをして俺に火をつけておいて……」

「あ、あんなことって」

喜ばせたかっただけなのに、余計なことだったのだろうか。

あんなに気持ち良さそうだったのに、もしかして下手だったのかとエステルは考え込む。

「君に触れたくてたまらない俺には、あまりに刺激が強すぎた……ほら、もうこんなになって君を求めている」

「ひっ」

服越しに押し当てられたアンデリックの腰には、いつも以上に硬くふくらんだものがそそり立っているのがわかった。

ごりごりとエステルの腹部を刺激する存在は、今にも弾けそうなほどに脈打っているのがわかる。

「エステル……君の可愛い唇の中も魅力的だが、俺は君のもうひとつの口にも俺を味わってほしい……駄目か？」

「……！」

なんて恥ずかしいことを言うのだと、エステルは顔を真っ赤にしてアンデリックを見上げた。

だが、怒るつもりだった言葉は、彼の表情があまりに切なげで真剣だからひっこんでしまった。

(なんて顔をするの……)

必死に自分だけを求めてくれるアンデリック。こんな姿を見て、嫌だなんて言えるわけがない。

エステルは返事の代わりに胸を押していた手をゆっくりと外すと、アンデリックの肩に回した。

「一回だけ、ですからね……」

絞り出すような声にアンデリックが満面の笑みを浮かべたのがうれしくて恥ずかしくて、エステルは彼の胸板に額を押しつけてゆるむ頬を隠したのだった。

＊＊＊

「ひいんっ……くうんっ……」

噛み殺したような可愛らしい声を聞きながら、アンデリックはスカートをまくりあげ大きく開いたエステルの脚の間に顔をうずめていた。

ワンピースの胸元ははだけられ、ふっくらとした乳房が外気に晒され、先端を赤く熟れさせている。

大きな木の幹に背中を預けたエステルの片脚を肩に担ぎ、自らは地面に膝をつくという、なんとも不安定な体勢だったが止まれない。

見ないでと懇願する声すらもアンデリックの雄《おす》を強く刺激する。いまだにズボンの中にいる自分の分身は、早く出してくれと痛いほどに主張してくるが、今はエステルを可愛がることに集中したかった。

「だめ、そんな……ああっ」

「昨日は君がしてくれたじゃないか……お返しだよ、ぅむ……」

「あっあっ、しゃべっちゃ……あっ……舌ぁ」

がくがくとわななく腰を掴み、逃げようともがく体を頭で押さえつける。

艶やかな色に染まったエステルの大切な場所は、アンデリックの舌による愛撫に喜び、甘い蜜を溢れさせる。

どうやら子どもを産んでかたちがおかしくなったと思い込んでいるらしいエステルは見られるのをとても嫌がったが、アンデリックにしてみれば大切な子どもを産んでくれた場所はどんなかたちであれ愛しくて大切な場所だ。それにちっともおかしいだなんて思えなかった。むしろ、以前よりもふっくらと厚みを増しておいしそうだ。

「ひぃあああっ」

ぷっくりとふくれた花芯を吸い上げると、エステルが全身を痙攣《けいれん》させた。蜜がとろりと垂れて地面に落ちる。

「や、あああん……だめ、ぇて、いったの、にっ」

舌たらずな恨み言は男を煽るだけとは知らないのだろうか。

初めて肌を合わせた頃はお互いがむしゃらだったし、その後も色々あって、こういう行為を楽しめていたかといえば、必ずしもそうではなかったと言えるだろう。

もっと穏やかに、真綿に包むように愛してやりたいと思う。エステルの良いところばかりを攻めて、ぐずぐずに溶かして。一生、アンデリック以外では満足できない体にしたかった。

「ひっ……！　まっ、まって……」

「待てない」

くるりとエステルの体を回転させ、木の幹に両手をすがりつかせる。

がくがくと震える足を無理やり立たせ、スカートを背中に載せるようにして露出させせた尻を高く上げさせれば、先ほどまで散々味わった蜜口が丸見えだった。

期待するように愛液を垂らしている光景は目がくらむほどにいやらしくて、思わず唾を呑み込む。

真っ白なお尻のラインはやはり女性らしく柔らかな丸みをおびていて、ずっと撫でていたくなるような神々しさがあった。

「挿れるぞ」

「ひ、っあああっ、だめ、おっきぃい……！」

「クッ……狭いな……力を抜け……」

「ううん、むりっ……むり……」

喘ぐエステルの体に、力はろくに入っていない。それでも久しぶりの異物に体が悲鳴を上げているのが伝わってくる。

早く繋がりたいが、痛がらせたり怖がらせたりするのは本意ではない。

アンデリックは腰を掴んでいた手をエステルの胸に回し、その先端を指先で軽くこねた。

爪先でかりかりと弾いてやれば、細い腰が跳ねて甲高い声が林の中をこだまする。

「むね……やっああっ……そこばっか……」

胸をいじめる度に、狭く硬かったエステルの蜜道がうねってアンデリックを呑み込んでいく。

「いっしょにしちゃだめ……ずんずん、しない……で」

甘えたような声音《こわね》は拒んでいるのに求められているようにしか聞こえない。望むままに腰をゆっくり進めながら、エステルの柔らかな胸を揉みあげる。いじめていた先端がしっとり濡れているのは、母乳が出ているからだろうか。

なによりも神聖な部分を汚しているという仄暗い喜びに、腰の奥にともった熱がさらに燃え上がるのがわかった。

「んんっ……だめ、おっきくしちゃ」

「無理を言うな……ほら、もう俺を根元まで呑み込んで……ずっと待っていてくれたのか？　とても心地良い」

「ッンンッ！」

自分の分身がエステルの柔らかな内部に包まれる感触は、頭が真っ白になるほど気持ちが良い。

隙間なく繋がったまま腰を揺らせば、エステルの甘い声がひっきりなしに溢れ出す。たまらなくなってずん、と突き上げる。ひと突きするごとに、腰が抜けそうなほどの快感が全身を走り、すぐにでも達してしまいそうだった。

「ああ、エステル……エステル……」

「ひぅん……アンデリックさ……ああっだめぇ」

ばちゅばちゅとお互いの肌と肌がぶつかる音と荒い呼吸、そして甘く甲高い嬌声が響く。

先端ぎりぎりまで抜いてから、根元まで一気にずどんと突けば、エステルがひときわ大きな声を上げた。

「あ、あああっ」

達してしまったのだろう。アンデリックを締めつける内壁も細かく震えていた。

膝が限界を迎えたようで、エステルの細い体はずるずると地面に崩れ落ちそうになっていく。その拍子に繋がりが解けて、まだ硬いままのアンデリックの猛りが放り出されてしまう。

アンデリックはエステルの体を支えながら抱き締める。

「すまない……もう少しだけ付き合ってくれ」

今度はアンデリックが木の幹に背を預け、地面に腰を下ろした。そして身動きが取れないほどにぐったりとしたエステルに自分の体をまたがせ、向き合うかたちで強く抱き締めた。

物足りなそうに天を突くアンデリックの欲望に、しっとりと濡れそぼった蜜口を押し当てながら、エステルの体をゆっくりと下ろしていく。

「あ、あああっ」

根元まで一気に咥え込まされ、エステルが背中をそらせた。

まろみのある尻を掴み、その体を大きく上下させながら、アンデリックは目の前で魅力的に揺れる乳房に吸いつく。

想像していた通り、うっすらと母乳の滲んだ先端は甘く、ずっと吸っていたくなるほどだった。

「だめ、だめ……」

「駄目じゃない……今の君は全部俺のものだ……」

「んんっううぅっ」

ずんずんと下から突き上げられ、エステルは全身を赤く染め、額には玉のような汗を滲ませていた。

助けを求めるように伸ばされた手が、アンデリックの髪をまさぐり、すがるように角を掴む。その心地良い感触に目を細め、アンデリックはますます腰の動きを速めていった。

「あああっもう、もうだめ」

「ああ、俺もだ……くっ、イくぞ」

「ひっあああっ‼」

ひときわ強く最奥を突かれ、エステルは叫び、アンデリックも獣のような呻《うめ》き声を上げた。

お胎の中に注ぎ込まれる熱のリズムは長く、結合部から溢れ出るほどの量だ。

「あ、でて……でてる……あつい……ッ」

「ぐっ……エステル……エステル……」

最後の一滴まで注ぎ込むように体を揺すりながら、アンデリックはエステルの体を強く抱き締めた。

エステルもまた、アンデリックの首に両手を回す。しがみついてくれるのがうれしくて幸せで、二人でひとつの生き物になったような錯覚に包まれながら、絶頂の余韻を味わい尽くしたのだった。

まだ物足りなそうなアンデリックから身を離したエステルは、手早くワンピースを整える。

汚れは浄化魔法で綺麗にしてもらったが、皺の類は誤魔化せるか心配になるほどだった。

胸元を整えながらボタンを留めていると、アンデリックの恨みがましい視線が刺さるのを感じた。

「一回だけって約束だったでしょう」

「……うん」

しょんぼりとしたアンデリックを見ていると、もう一回だけならと気持ちがぐらつきそうになる。

まさか久しぶりの行為が外でなんて、恥ずかしくて死んでしまいそうだったのに、アンデリックと肌を重ねられたことに自分でも驚くほど浮かれているのがわかった。

ずいぶんあられもない声を上げてしまったのでベルタたちに聞かれていないか不安になったが、澄ました顔のアンデリックからちゃんと遮音魔法と幻影魔法で周囲からは気づかれないようにしていたと告げられ、エステルは呆れかえってしまった。

「そんなことまでして……」

「そんなことまでして、君と繋がりたかったんだ」

「う……」

お菓子をねだる子どものような甘えた声でそう言われると、怒るに怒れなくなってしまう。

けだるかった体も回復魔法で癒してもらって、なんの問題もない。

久しぶりに夫を受け入れたことで下半身に違和感はあるが、動くには問題ない程度だ。

「……もしかして、最初からそのつもりだった？」

エステルの問いかけにアンデリックは視線をそらす。

子どもじみたその態度に、エステルは苦笑いを浮かべ、仕方がないと肩をすくめた。

ジョルノが双子と出会い、心を成長させたのとは反対に、アンデリックは双子に触れ合うことで、幼い頃に封印するしかなかった童心を表に出す術を知ってしまったのかもしれない。

そんな夫を、エステルは心の底から愛しいと思った。

「怒ったか？」

「いいえ、怒っていません」

ばつが悪そうに美しい顔を伏せるアンデリックに、エステルは自分から腕を絡めてすがりつく。

「私も、とてもよかったですから……でも、もう外でなんて嫌ですからね。恥ずかしくて顔から火が出そうです」

「そう言いながら結構燃えていたじゃないか」

「まあ！」

いびつな繋がりしかなかった過去が嘘のように、どこにでもいるような夫婦みたいに軽い言葉を交わせるようにもなった。

様々な困難を乗り越え、子どもを授かり、ようやくお互いの心をさらけ出して愛し合える幸せを、なんと例えたらいいのだろう。

これが愛でなかったら、この世に愛はないとさえ思えるほどの、溺れるような想い。

ようやく皆のところに戻ったときには、ジョルノも双子もすっかり起き出して二人を待っていてくれた。

ベルタたちがどこか訳知り顔だったのが気恥ずかしかったが、いろんな意味で満たされたおかげで心はとても晴れ晴れとしている。

器用にも両手で双子を抱えるアンデリックの顔もまた、幸せに満ちていた。

その日以降、不思議なことに双子の夜泣きは憑きものが落ちたようにぴたりと治まった。

ベルタたちの子守歌でもぐずることはなく、一度眠ってしまえば朝まで起きなくなったのだ。

そのことを最も喜んだのがアンデリックだったのは、語るまでもない。

書き下ろし番外編

満ちたりた日々の先に

アクリアの王が替わって十年ほどの年月が過ぎた。

新たな王は宝石眼を持つ子どもを守る制度を制定し、過剰なまでの宝石眼信仰に歯止めをかけるべく政策をとっていた。

そのひとつがこの国を守る治水魔法だ。

王弟である魔法使いアンデリックはかつて大魔法使いがかけたこの魔法を解析し、これまでよりももっと少量の魔力で水源を管理する方法を発明した。

同時に他国から先進的な技術を取り入れ、いずれは魔法なしでも水害を防げるように準備を進めている。

いずれは他国同様に魔法を信仰することもなくなるだろう。

「もうこんな時間か」

正午を告げる時計の音にペンを持つ手を止めたアンデリックは、窓の外に目を向けて短い息を吐き出した。

夏が近いこともあり、木々の葉はみずみずしく生い茂っている。

アンデリックが兄である国王からこの南の領地を賜ってもう十年が過ぎた。領地は順調に発展しており、ずいぶんと豊かになった。

少し耳を澄ませば、活気のある町のざわめきが聞こえてくる。

「ふ……」

自然と口元がゆるんでいた。

こんなに穏やかで満ちたりた日々を得られるなんて十年前の自分は想像してもいなかっただろう、と。

そんなことを考えていると軽やかなノックの音が聞こえた。

部屋の扉に目を向けるのとほぼ同時に、一人の女性が室内に入ってくる。

「アンデリック様、昼食にしませんか」

柔らかな笑みを浮かべ声をかけてきたのは、最愛の妻エステルだった。

柔らかな栗毛を上品に結い上げ、シンプルながらも仕立てのよいワンピースドレスを身にまとう姿はとても愛らしい。

出会った頃はいつも不安そうに伏せられていた目も、今は迷いなく前を見ていた。

その美しさにアンデリックは毎日のように恋に落ちている。

「ああ、そうしよう」

いそいそと立ち上がれば、エステルがうれしそうに駆け寄ってくる。

「今日は領民の皆さんが届けてくれた野菜でスープを作ったんです」

「そうか。楽しみだな。子どもたちはまだ学校か?」

「ええ。お弁当を持って出ているので、帰りはまた夕方かもしれませんね」

遊ぶ我が子を思い浮かべているのか、エステルは幸せそうに目を細めた。

アンデリックとエステルの間に生まれた双子は、領地に新たに作られた子どものための学校に通っている。

毎日のように友だちと遊び楽しそうに過ごす彼らの姿は、アンデリックの希望そのものだった。

「ジョルノが、子どもたちが元気すぎる〜って困ってました」

「遊び盛りだからな。そろそろ教員も増やすべきだろう」

「そうですね。人も増えましたし」

エステルの生き別れた弟であるジョルノは今では立派な青年となり、学校の教師をまかされている。優しくも厳しい教師として子どもたちからはとても慕われている。

ジョルノを育ててくれた養父母たちも領主であるアンデリックを支えてくれ、今では家族同然だ。

愛する妻、大切な子どもたち、そしてたくさんの家族。

本当に幸せだと思う。

「そういえばもうすぐ夏至祭ですね」

他愛のない話をしながら執務室を出て食堂に向かっていると、不意にエステルが声を上げた。

夏至祭とは、アンデリックが領主になって三年目からはじめた領地の祭りだ。

もともと古くからこの地方にあった行事だそうなのだが、長い年月で風化していたものを復活させたのだ。

最初は小規模なものではあったが、今では領地をあげての一大イベントになっている。

領主館を中心として広がる中央街全体が祭りの会場となり、様々な出店が立ち並ぶのだ。

いつの頃からか各地からも行商人が来たり、最近では小さな劇団まで来るようになった。

子どもたちは今から指折り数えてその日を待っている。

「楽しみですね」

「そうだな」

うれしそうなエステルにつられるようにアンデリックも微笑む。

生まれの特殊さゆえ、祭りなどとは無縁の人生だった。エステルもまた、ジョルノと生き別れてからはそういった華やかな行事からは遠ざかっていたという。

最初に夏至の祭りを開こうと決めたのは、そんなエステルのためだった。

長く奪われていた幸せを少しでも味わってほしくてはじめたことが、今では我が子や領民たちの楽しみになっている。

「また皆さんに配るお守りを作る予定です」

「そうか。君の守りは評判がよいからきっと皆喜ぶだろう」

エステルは毎年、参加者に配るお守りを手作りしていた。

小さな刺繍を施したささやかなものではあるが、毎年構図が違うこともあり領民たちからの人気は高い。今年はいったいなんの刺繍だろうとアンデリックも密かに楽しみにしている。

最初はエステル一人で作っていたが数が増えたこともあり、近年は使用人たちや領主館で働く女性たち総出で作っていた。

「では俺もいつものようにお守りに詰める魔法石を作っておこう」

「ふふ、ありがとうございます」

魔法石などと名前は大層だが、単純に幸運のまじないを付与した小石だ。

大きな力はない。ただちょっとした怪我や病、回避できるほどの不幸から遠ざかるようにという願いが込められている。

年々作る数は増えているが、負担に感じることはない。むしろその数が増えるほどに、この領地がよきものになっていくという実感に胸がいっぱいになるほどだ。

「アンデリック様は本当に凄い魔法使いです」

「なんだ急に」

エステルの瞳がまっすぐにアンデリックを見つめている。

「あなたの魔法でたくさんの人が幸せになることが本当にうれしくて……私、幸せです」

胸の奥がぎゅっと締めつけられた。

エステルはいつだってアンデリックが欲しい言葉をくれる。

王弟であり魔法使いである自分の妻という立場ならば、もっと強欲であっても許されるはずなのに、彼女が幸せを感じるのはいつだって他人のことだ。

その優しさと愛情深さにアンデリックはずっと救われ、支えられてきて。

「エステル」

「えっ、あっ……」

両手を伸ばし、柔らかな身体を腕の中に囲いこむ。

髪に鼻先をうずめて息を吸い込めば、甘い花の香りが鼻孔をくすぐる。

「アンデリック様……！」

恥ずかしそうにもがく身体をそのまま持ち上げ、すぐそばにあった部屋になだれこむ。

古い本を保管するための狭い部屋なので薄暗いが、掃除が行き届いておりとても清潔な空気が流れていた。

アンデリックはエステルの身体を壁に追い詰めるようにして覆いかぶさる。

「えっ、あの昼食、が」

なにをされるのか悟っているのだろう。

頬を真っ赤に染め、潤《うる》んだ瞳で困ったように見上げてくるエステルの凶悪なまでの愛らしさに喉が鳴る。

あさましくてみっともない自分の欲望が情けなくなりながらも、何年経っても変わらず魅力的なエステルが悪いのだと責任転嫁しながら距離を詰める。

「少しだけだ」

「もう……んっ……」

触れるだけの口づけで言葉を塞ぎ、それから角度を変えて何度もその唇を貪る。

ふっくらと柔らかな唇を吸い上げ舐める。

口の中は甘く熟れておりアンデリックの舌を蕩けさせた。

おずおずと応えてくれる小さな舌が可愛くて、優しく噛めば腕の中の身体がぴくりと跳ねた。

体温があがったのか、エステルの香りが濃くなる。

頭の芯がくらくらと揺れ、腰の奥がずんと重たくなった。

（まずいな）

キスだけで終わらせるつもりだったが、下半身が反応しはじめている。

押しつけられたふっくらとした胸の感触が心地良くて、今すぐ服をはだけて吸いつきたくなってきた。

「んっ、ん……」

健気に口づけに応える鼻にかかった声もよくない。

ここ数日は穏やかに抱き合って眠るばかりだった。

本音を言えば今だって毎日したいところなのだが、エステルの身体を考えて頻度を減らしていたのだ。

一度、季節の変わり目に無理させたせいで熱を出させてしまったからだ。

アンデリックはエステルを失うのが一番怖い。

（くそ、我慢だ）

その努力を無駄にして獣になるわけにはいかないと、アンデリックは理性を総動員させる。

名残を惜しむようにきつく唇を吸い上げてから顔を離せば、頬を上気させ蕩けた表情を浮かべるエステルと目が合った。

「ぐ……」

その光景に我慢すると決めた理性がぐらぐらと揺れる。

口づけのせいでぽってりと赤くなった唇に、もう一度吸いつきたい。

そんな衝動にかられかけたアンデリックを、エステルが恨みがましく見つめてきた。

本人は睨んでいるつもりなのだろうが、そんな表情でさえ今のアンデリックには燃料でしかない。

「もう……スープが冷めてしまいます」

「すまない……君が可愛くて」

「ばか」

拗ねたような口調に胸がきゅっとなる。

「あまり可愛いことを言わないでくれ。続きがしたくなる」

エステルの拳が攻撃とも呼べない勢いで胸を叩いてくる。

宥めるようにそのまま抱き締めて背中を撫でれば、胸に顔を押しつけてきたエステルがなにかを呟いた。

「ん？　なんだ」

よく聞き取れず問いかければ、エステルがもじもじと身体をよじる。

「……続きは、今夜にしてください」

掻き消えそうな声が全身を貫く。

魔法で今すぐ夜にしてやろうかと考えてしまうほど魅力的な誘い文句に唸りながら、アンデリックは返事の代わりにもう一度エステルの唇を奪う。

なにものにも代えがたい日々が、どうか永遠に続きますようにと願いながら、愛しい身体を抱き締めるのだった。

本書は、2021年10月当社より単行本として刊行されたものに書き下ろしを加えて文庫化したものです。


この作品に対する皆様のご意見・ご感想をお待ちしております。

おハガキ・お手紙は以下の宛先にお送りください。

【宛先】

〒150-6019 東京都渋谷区恵比寿4-20-3 恵比寿ｶﾞｰﾃﾞﾝﾌﾟﾚｲｽﾀﾜｰ 19F
（株）アルファポリス　書籍感想係

メールフォームでのご意見・ご感想は右のＱＲコードから、
あるいは以下のワードで検索をかけてください。

アルファポリス　書籍の感想　検索

ご感想はこちらから

Noche BUNKO

贖罪《しょくざい》の花嫁《はなよめ》はいつわりの婚姻《こんいん》に溺《おぼ》れる

マチバリ

2024年6月30日初版発行

文庫編集－斧木悠子・森 順子
編集長－倉持真理
発行者－梶本雄介
発行所－株式会社アルファポリス
〒150-6019 東京都渋谷区恵比寿4-20-3 恵比寿ｶﾞｰﾃﾞﾝﾌﾟﾚｲｽﾀﾜｰ19F
TEL 03-6277-1601（営業）　03-6277-1602（編集）
URL https://www.alphapolis.co.jp/
発売元－株式会社星雲社（共同出版社・流通責任出版社）
〒112-0005 東京都文京区水道1-3-30
TEL 03-3868-3275
装丁イラスト－堤
装丁デザイン－AFTERGLOW
（レーベルフォーマットデザイン－團 夢見（imagejack））
印刷－中央精版印刷株式会社

価格はカバーに表示されてあります。

落丁乱丁の場合はアルファポリスまでご連絡ください。

送料は小社負担でお取り替えします。


ISBN978-4-434-34073-4 C0193